MARTÍN D.

colección **la otra orilla**

FEDERICO

JEANMAIRE

Mitre

FEDERICO
JEANMAIRE

Mitre

GRUPO EDITORIAL NORMA
Barcelona, Buenos Aires, Caracas, Guatemala, México, Panamá,
San José, San Juan, San Salvador, Santafé de Bogotá, Santiago

Primera edición: Septiembre de 1998.

Editorial Norma S.A.,
Apartado aéreo 53550, Santafé de Bogotá

Fotografía de cubierta: Alejandro Elías
Diseño: Camilo Umaña

Impreso en la Argentina por Indugraf S.A.
Printed in Argentina

CC 21870
ISBN 987-9334-01-9

Este libro se compuso en caracteres Bembo

A Gaby y a Juanito,
por un montón de cosas.

Y a Federico Trossero,
por una idea suya
que seguramente malentendí.

"De esta manera nunca alabaré bastante al famoso gallo de Luciano, el cual, habiéndose transformado primero en filósofo, bajo la figura de Pitágoras, y luego sucesivamente en hombre, en mujer, en rey, en simple particular, en pez, en caballo, en rana, y creo que hasta en esponja, juzgó que no había animal más desdichado que el hombre, porque todos los animales se contienen dentro de los límites de su condición, y sólo el hombre es el que intenta franquear los que le ha impuesto la Naturaleza."

Erasmo de Rotterdam, *Elogio de la locura*

IDA

"las cosas que le ocurren a un hombre
les ocurren a todos"

Jorge Luis Borges

JOSÉ LEÓN SUÁREZ

LA RENQUERA LE HABÍA EMPEZADO un poco antes o un poco después de pasar frente al quiosco.

No estaba del todo seguro.

Y si no estaba del todo seguro era porque, entre otras muchas cosas, la inseguridad le había empezado bastante antes de la renquera. Bastante antes, incluso, de que inauguraran ese bendito quiosco justo enfrente de su vida.

Lo de la tos, en cambio, había sido muy posterior al asunto de la renquera. Exactamente desde el momento en el que le pidió renqueando al tipo de detrás de los barrotes un boleto de ida y vuelta a Retiro y el tipo de detrás de los barrotes tardó una eternidad en alcanzárselo por culpa de la tos que lo aquejaba y que lo hacía bailar como un poseso sobre el taburete encima del cual estaba sentado detrás de los barrotes. Una tos increíblemente parecida a la que ahora él estaba sufriendo.

Pero el baile no se le había pegado.

Debido, indudablemente, a la ausencia manifiesta de taburetes en el andén de la estación. O, quizás, porque fuera del todo imposible bailar renqueando.

Lo único cierto, de todas maneras, era que el baile no se le había pegado y que eso era una suerte.

O un milagro.

Tener que convivir durante tantos minutos con un rengo tosedor resultaba poco menos que un completo desarreglo a los hábitos cotidianos de toda esa gente reunida esperando el tren y, la probabilidad cierta de que, para colmo de males, ese molesto rengo tosedor encima se pusiera a bailar, constituiría, finalmente, una desaforada invitación a que la multitud exasperada lo arrojara sin mayores condicionamientos morales debajo del próximo convoy.

Por eso era una suerte, dentro de todo, que lo del baile no se le hubiera pegado.

Todavía.

Porque claro, nunca se sabe cuánto tarda un baile en pegársele a uno.

Entonces, y apenas reconocer el flamante nacimiento de una nueva incertidumbre que sumar a la antigua familia de incertidumbres que lo habitaban desde siempre, el hombre se prometió casi convulsivamente que si empezaba también con eso de la danza no subiría al tren.

De ningún modo.

Volvería, con renga humildad danzante, a encerrarse en la negra oscuridad de su casa. Aunque el asunto de la negra oscuridad de su casa había sido, más que una vulgar deficiencia edilicia hogareña, una impostergable decisión propia. La culpa la había tenido, también en este caso, ese maldito quiosco abierto tan enfrente de su vida y recibiendo durante las veinticuatro horas de todos los días de todos los años una clientela de lo más enferma. De lo más contagiosa. Y su cabeza alcahueta, por supuesto, porque tampoco es cuestión de andar desparramando culpas por todos los costados y no hacerse cargo de lo que hay que hacerse cargo cuando hay que hacerse cargo de algo.

Primero había tenido que bajar las persianas que daban a la calle. Luego, y ante la imprevista aparición de la necesidad de espiar por entre las infinitas rendijas de las persianas, imprevista necesidad que velozmente se transformó en escandalosa costumbre, un buen día resolvió terminar definitivamente con el asunto y llamar a un albañil que le rellenara con ladrillos y para siempre los agujeros de todas las ventanas de la vivienda, aunque estaba claro que algunas de las aberturas no enfocaban hacia el enfermizo quiosco. Ya que estaba ahí el albañil, aprovechó. Porque, así como es cierto que no se puede prever cuánto tiempo puede tardar un baile en pegársele a uno, también es cierto que nunca se sabe cuánto puede faltar para que nazca un nuevo quiosco en cualquier otro lugar de la calle o hasta en el mismísimo patio de uno y con él la gente y las enfermedades contagiosas.

Pero no.

Definitivamente parecía que lo del baile del tipo de detrás de los barrotes no se le había pegado.

La cosa estaba, en principio, bastante controlada. Sólo se trataba de un acceso infinito e insoportable de tos. Y la renquera, claro.

Se animó a subir al tren gracias a la ayuda simpática de una piba que iba al colegio, y que, indudablemente, presumía de algún sentimiento de solidaridad perfectamente injustificable y que pretendía ignorar de cuajo el fluir tan poco solidario del mundo.

Contagiado por la actitud de la muchacha, incluso llegó al extremo de sonreírle a la gorda que lo pasó literalmente por encima con el evidente y único propósito de conseguir el asiento más próximo a la ventanilla.

Entonces.

Con suma tranquilidad, estado de ánimo que atribuyó a la sana influencia de su reciente cojera, se sentó al lado de la mujer, le sonrió redundantemente por segunda vez y casi de inmediato dejó de toser y empezó a engordar de una manera tan precipitada que al poco tiempo no le quedó más remedio que, ante la evidente falta de espacio, sentarse diagonalmente enfrente de la señora, mirarla a los ojos, y atreverse a comunicarle con medias palabras que de esa manera estarían los dos mucho más cómodos, que cada vez hacían más angostos los asientos dobles de los trenes, que qué barbaridad, que adónde iría a parar el mundo con tanta gente delgada multiplicándose en las revistas de actualidad, que lo peor, encima, era que esa gente asquerosamente flaca, que hacía las veces de modelo para los modernos constructores de butacas dobles ferroviarias, no se asomaba a las estaciones ni, mucho menos, se atrevería nunca, jamás, a subir a un tren durante las horas pico. Que a él, en cambio, le encantaba el asado y las achuras y las mollejas y los postres llenos de crema y mojar el pan en el jugo aceitoso de la ensalada o en la salsa roja de los ravioles, que así era feliz, que jamás había podido entender a las personas que se pasaban la vida haciendo dietas inhumanas, y, apenas un instante después de este último comentario, que lo disculpara, por favor, que no lo tomara a mal, que de ningún modo pretendía ofenderla, pero que de todas maneras y aunque se sentía unido a ella por un montón de razones kilográmicas y de las otras, no alcanzaba a comprender del todo bien por qué motivo, una mujer tan gorda como era ella, había pisado sin el menor cuidado a un gordo tosedor como era él y que, además, justamente era rengo de ese pie que ella le había pisado sin el menor cuidado cuando se había abalanzado como una gorda histérica hacia el asiento de la ventanilla. Aunque en verdad era cierto, por otro lado, que ahora ya no estaba tan seguro de seguir siendo un perfecto rengo tosedor como lo había sido hasta el momento exacto en el que había empezado a engordar.

La mujer, por toda respuesta, sólo atina a inundar de lágrimas la mañana.

No puede parar de llorar.

O bien no quiere por aquello de que siempre es sano llorar.

Por supuesto, más o menos a los veinticuatro segundos de la irrupción del obeso llanto femenino, el hombre que la acompaña diagonalmente también está llorando. Y, como suele ocurrir en estos casos, una vez que se ha encontrado algún buen motivo para llorar sanamente es muy difícil que ese buen motivo no encuentre a otro y éste a otro y así sucesivamente. Hasta la eternidad. O hasta que una piedra anónima arrojada anónimamente desde unos pastizales, también anónimos, haga pedazos el vidrio de la ventanilla junto a la cual viaja una gorda antigua y un gordo mucho más reciente llorando sanamente por culpa de algún buen motivo o de varios.

Pero así es.

Y como es así, la piedra, además de hacer pedazos el vidrio de la ventana, también hace pedazos el llanto.

El hombre se levanta de su asiento, se toma algunos segundos para constatar que ya no renquea, amontona con la ayuda de su pie derecho los restos de la ventanilla en un costado, baja la persiana metálica, baja también la persiana metálica compañera, y, justo antes de seguir instintivamente bajando todas las persianas metálicas del vagón o del tren o de todos los trenes, que a esa temprana hora del día circulan por el cono urbano bonaerense, para sentirse un poco más seguro o un poco más de entre casa, se acuerda repentinamente de la gorda existencia de la mujer y le pregunta, haciendo un tremendo esfuerzo para no toser, si se encuentra bien, si ha sufrido algún corte, si desea que la conduzca hasta algún establecimiento en donde puedan curarla, si es que efectivamente ha recibido algún corte de consideración, si esto o si lo otro o lo de más allá, que de todas maneras él preferiría que no se haya hecho ningún daño porque odia los hospitales y los odia porque están por lo general repletos de enfermos contagiosos, que él tiene muy bajas sus defensas desde hace muchos años, muchísimos.

–Lo puedo interrumpir.

–Por supuesto.

–Gracias. Muchas gracias, de verdad, por su preocupación. Es muy atento de su parte pero estoy bien, no he sufrido ningún corte. Sólo me he asustado un poco, nada más. Lo que en realidad me interesaría sobremanera es que usted tratara de explicarme por qué razón, antes del piedrazo y antes del llanto, me llamó gratuitamente gorda histérica.

El sol ha quedado detrás de las persianas y desde esa posición sólo puede dibujar infinitas rayas sobre la cara y el cuerpo de la mujer.

Mientras tanto, el hombre se entretiene espiando a través de las rendijas en una actitud que tiene mucho, quizás, de extrañar pasadas costumbres hogareñas pero que, también, tiene mucho de no animarse a responderle a la mujer.

–¿Por qué?

El hombre escucha la insistencia femenina y no tiene más remedio que olvidarse de sus viejas y escandalosas costumbres, volver a sentarse diagonalmente enfrente de la molesta insistidora y cavilar una respuesta medianamente digna.

–Porque me pisó.

–¿Solamente porque lo pisé?

–Solamente.

–¿Lo jura?

–Lo juro.

La escena tiene algo de tropical: el diseño nítido de rayas sobre el enorme cuerpo de la mujer, el ruido discontinuo de las paletas del pequeño ventilador que cuelga del techo, el calor, la humedad, el olor a transpiración. También el nombre de la estación a la que están arribando.

CHILAVERT

ANTES DE QUE TREPE LA MULTITUD, el hombre se acomoda como puede junto a la ventanilla.

Enfrente de la mujer.

Para dejar el sitio libre a los que lleguen o para que sus rodillas conozcan las rodillas de ella y se hagan amigas.

Para estar más cerca es que se sienta enfrente.

Porque, en el fondo, el hombre sueña con que si las rodillas de ambos finalmente deciden hacerse amigas todo va a resultar mucho más fácil: la mujer concluirá perdonándole sus histéricos dichos.

El resto de los habitantes del vagón ya ha vuelto a levantar las persianas.

Pero ellos no.

Por eso es que ahora las rayas se han hecho más tenues y por eso es que ella repite que todos tenemos problemas, que vamos, que acaso quién no los tiene, que lo de la gordura es porque no puede dejar de comer por culpa de la ansiedad o porque le hicieron algún daño cuando era chica o, simplemente, por culpa de que le gusta tanto comer. Que debido a eso es que toma el tren cada mañana, para no quedarse en su casa comiendo como una ballena, que así toma el aire y hace un poco de ejercicio que es lo que le ha recomendado el médico, un muchacho maravilloso que tiene un futuro extraordinario en el hospital de Villa Ballester.

Y él feliz.

Feliz de sentir que sus rodillas rozan las de ella. Feliz de que hable tanto y de que no se quede engordando como una ballena en su casa y prefiriera salir a hacer deporte todas las mañanas como le ha aconsejado ese joven con tanto futuro en la medicina del Gran Buenos Aires.

Feliz de coincidir absolutamente y a los gritos porque a él también lo hace feliz ir y volver de Retiro debido a que su casa es muy oscura por culpa del quiosco que lo obligó a tapiar las ventanas. Y enseguida, aunque en voz más baja, que por favor lo disculpe por lo que le ha dicho antes de que sus respectivas rodillas se hicieran tan amigas, que, además y con alguna vergüenza, debe informarle, ya que están hablando justamente del tema, que posee las rodillas más bellas que él haya visto jamás dentro de un vagón de ferrocarril metropolitano.

Junto a la frondosa mujer se ha sentado un hombre que escucha sin entender absolutamente nada de lo que hablan. Al lado del hombre, en cambio, no se ha sentado nadie. Un chico ha dejado un inmenso bolso negro y, casi de inmediato, se ha puesto a vociferar que tiene una oferta increíble, que viene a ofrecerles nada menos que cinco alfajores de chocolate por un peso, directamente de fábrica, de primera marca, sólo por un peso, cinco alfajores por los que pagarían en cualquier quiosco exactamente el doble, pero claro, que eso no es todo, que además, y con los cinco alfajores, viene a modo de obsequio un turrón de exquisita calidad, y que, por último, por favor no se levanten desesperados a quitarle los alfajores y el turrón de las manos, que el pasará por cada uno de los asientos para que, sin obligación de compra, cualquiera de las personas allí presentes pueda palpar la verdadera calidad del contenido de la oferta, que muchas gracias desde ya por la atención que le han brindado, que muy buen viaje para todos.

–Tome, Ricardito, estaban muy ricos los caramelitos de ayer.

–Muchas gracias, Mariela, que tenga buen viaje y que le aprovechen los alfajores, ¿qué otra persona desea la oferta?

Ninguna.

Así que.

Mariela desgarra la bolsa ayudándose con los dientes y le ofrece un alfajor de chocolate al hombre que es dueño de las rodillas más enamoradas del trópico. El hombre le contesta que no, que muchas gracias, que no tiene apetito de alfajores y entonces ella le ofrece, con infinita resignación, el único turrón y él acepta aunque en realidad tampoco tiene ganas de comer turrón. Acepta porque le parece que volverse a negar sería poco menos que una afrenta para la mujer y que eso podría dar origen al término de la incipiente relación que en silencio mantienen sus respectivas extremidades.

Comen mirándose a los ojos.

Sin dirigirse la palabra.

Pero claro, como no se dirigen la palabra dejan el terreno libre para que otro lo haga. Y, justamente, ese otro es el delgado señor que ha estado, con anterioridad a la merienda, intentando seguir, sin ningún resultado, la extraña conversación que mantenían sus vecinos.

–¿Ustedes viajan a Retiro?

–Sí.

Responde Mariela, previa tácita aprobación ocular del propietario de las rodillas más cariñosas que ella recuerda.

–¿Podría acompañarlos?

–Desde luego.

Esta vez el que responde es el hombre. Responde

pensando en que nadie es perfecto y en que la primera piedra ya fue arrojada hace un buen rato. Aunque el hombre es muy flaco, demasiado flaco para su gusto personal, también se nota que es un señor de lo más educado y, por otra parte, le parece que haberse negado a su solicitud hubiese constituido un agravio completamente gratuito ya que, queriéndolo ellos o no, de todos modos el tipo los va a acompañar lo mismo hasta que el tren arribe a destino.

–No me gusta viajar solo.

Mariela, repleta de afecto, considera que es verdad, que es horrible viajar solo, que a ella tampoco le gusta y el flaco no puede hacer otra cosa que agradecerle su afecto tan repleto y desbarrancarse en palabras: que no le gusta viajar solo ni hacer nada solo, que está cansado de estar solo o de ser solo, que.

–Mi nombre es Roberto.

Les informa Roberto a los dos pero sin dejar por eso de hamacar suavemente sus rodillas por sobre las rodillas de la mujer.

–Lindo nombre.

Piensa Mariela en voz alta y les da pie para que se animen también ellos a pensar en voz alta.

–Mariela también es muy lindo.

Admite Roberto.

–¿Entonces ustedes no se conocían? Yo pensé que eran amigos.

El señor delgado se anima a pensar en voz alta y el efecto de la explicitación de sus pensamientos no es otro que un profundo silencio que cubre rápidamente esa zona del vagón.

Y se hace espeso.

Tirante.

Eterno.

Inaguantable.

Por eso, porque no puede aguantar el silencio que ha cubierto tan rápidamente esa zona del vagón, es que Roberto se atreve a interrumpir la eternidad:

–Disculpe, señor, pero no me gustaría que se equivoque con nosotros. Y menos aún que lo haga en el momento mismo de conocernos. Que la señora Mariela ignorara mi nombre no quiere decir que no seamos amigos entrañables. Para que se dé una idea, y sólo para que se dé una idea de lo que nuestra amistad representa, le podría comentar, por ejemplo, que supe defender a la señora de un tremendo ataque a piedrazos del que fuimos tristemente objeto, que a partir de ese infeliz y anónimo acontecimiento yo había llegado al extremo de decidir firmemente acompañarla, si las circunstancias así lo hubiesen aconsejado, hasta un hospital, establecimiento que, usted debería saberlo si tuviera una relación tan cercana como la que tenemos nosotros dos, yo odio sobremanera. Pero, a pesar de todas mis prevenciones al respecto, así lo hubiese hecho, lo juro, de haberlo necesitado Mariela. Además, creo que no sería del todo superfluo informarle que la señora aquí presente y un servidor ya han compartido, entre otras muchas cosas que han compartido: charlas, discusiones, llantos, paseos y comidas. Si a usted le parece, después de la magnitud de lo que acabo de exponerle, que mi amistad con la señora es parangonable al simple conocimiento superficial que tenemos con usted, creo que se está equivocando fiero, caballero, demasiado fiero.

–No deseaba ofenderlos.

–Pero lamentablemente lo ha hecho. Sólo la increíble humildad de un hombre tan humilde como Roberto ha permitido que en la enumeración de los hechos que jalonan nuestra profunda amistad se le haya olvidado mencionar la fenomenal atracción que se han despertado, desde apenas unos minutos después de conocerse mutuamente, nuestras respectivas extremidades. Si bien es cierto que la relación comenzó con algunas dificultades que sólo pueden ser atribuidas a mi propia torpeza, me refiero a un pisotón desmedido que le propiné en aquel lejano momento en el que Roberto todavía sufría de una desgraciada renquera que ahora, gracias a Dios y a todos los santos, parece haber quedado definitivamente en el pasado. Sería bueno que supiera que desde aquel mismo y lejano momento de nuestra larga historia en común, jamás nuestras respectivas extremidades han podido ya separarse.

–Lo siento de veras, señora. No era mi intención, desde luego, que se molestaran con mis dichos. Estaba tan contento pensando en que por fin hoy iba a poder viajar acompañado que no me fijé, en mi desborde de felicidad, en la barbaridad que estaba diciendo. Les vuelvo a pedir mil disculpas.

Roberto y Mariela ya no escuchan.

Sólo tienen ojos para mirar sus piernas y no comprender del todo bien cómo es posible que cuatro elementos tan gordos y tan antiguos se amen de esa furiosa manera.

–Lo siento de veras.

–Yo también.

–Y yo.

Por suerte las persianas siguen bajas.

Si las persianas estuviesen levantadas, Roberto y Mariela

tendrían que apartar, aunque más no fuera por un instante, sus atónitas miradas de la escena amorosa de la que participan con saludable entusiasmo sus rodillas, y detenerse a observar a la multitud desamorada que forcejea salvajemente detrás de las rendijas por ingresar al tren.

VILLA BALLESTER

TODO HABÍA PASADO demasiado rápido.

La persiana metálica se había levantado con algún estruendo y, como por arte de magia, casi al mismo tiempo en que se producía el estruendo, un ancho cuerpo masculino se había deslizado por el hueco que había dejado la persiana levantada. Tras hacer una bochornosa escala encima de dos pares de rodillas completamente enamoradas, el ancho cuerpo masculino había ido a ocupar el asiento que quedaba vacante junto a Roberto.

Además, y apenas unas décimas de segundo más tarde, el pasillo se había llenado con otros cuerpos. Cuerpos a los que por culpa de su lentitud o de su incapacidad para volar a través de las ventanillas ferroviarias no les había quedado otra posibilidad que permanecer erguidos y odiando en perfecto silencio al hábil manipulador de persianas.

–Usted no debería haber hecho lo que hizo.

–Disculpe, señora, no fue mi intención destrozarle los alfajores de chocolate.

Y aunque suene un poco extraño, sobre todo tratándose de Mariela, lo cierto es que hasta que no lo escuchó por boca del intruso paracaidista, la mujer no había reparado en el asqueroso asunto del destrozo de los alfajores. Hasta entonces su enojo se había circunscripto a lo que, para ella, era una acabada muestra de la absoluta incomprensión y discriminación que manifestaba el género humano hacia el fabuloso amor que se atrevían a profesar, públicamente, cuatro rodillas hermosas y gordas.

–No me refería a los alfajores de chocolate.

Roberto, en cambio, siente que sus fémures se le han partido en por lo menos treinta y dos pedazos. Su mirada deambula perdida desde las infinitas rayas finitas de su pantalón hasta las ahora lejanas extremidades amadas. Y viceversa.

–Le repito mi pedido de disculpas, señora. Le juro que bajo ningún punto de vista tuve la intención de destrozarle los alfajores de chocolate ni, muchísimo menos, ocasionarle un disgusto tan enorme que no le haya permitido siquiera darse cuenta del destrozo reposteril que le provoqué. Por favor, sepa disculparme nuevamente, aunque en este caso sea por mi franqueza y no por la rotura de los alfajores, pero la verdad, señora, es que no podía evitar decirle lo que acabo de decirle. Sobre todo teniendo en cuenta su increíble contextura física y el profundo cariño que dicha enorme contextura física debe profesarle, con toda seguridad, a los productos comestibles elaborados a partir de la esencia de cacao.

Roberto no encuentra consuelo.

Tampoco entiende demasiado lo que aquel hombre le está explicando en ese preciso momento a la mujer: que tiene un día muy largo por delante, que como agente de seguridad de la sucursal Cabildo del Banco de Galicia debe mantenerse en pie, cerca de la entrada principal del local durante un montón de horas, que inmediatamente después de terminar con su labor en la entidad crediticia ha conseguido, gracias a Dios y a un amigo que también es vigilante en el mismo banco, una changa en una playa de estacionamiento cerca de ahí, que en la bendita playa de estacionamiento tampoco puede sentarse ni un solo minuto porque a la hora en que él ingresa a trabajar es justo a la hora en que a los propietarios de los autos allí estacionados se les ocurre volver a sus casas y entonces hay que atenderlos cordialmente, que nadie le deja propina a pesar de su puntillosa cordialidad, que la calle está muy dura, que el único rato del día que tiene para estar sentado es el rato en el que viaja en tren desde Ballester hasta Colegiales o a la vuelta, desde Colegiales a Ballester, que está harto de viajar parado todas las mañanas y todas las noches de su vida, que ha visto a muchachos mucho más jóvenes que él meterse por las ventanillas, que aunque se apure, siempre llegan primero que él, a los pocos asientos libres que quedan en Ballester por las mañanas o en Colegiales por las noches, los muchachos jóvenes que se introducen por las ventanillas, y que bueno, que esa mañana había tomado la determinación, que aunque es verdad que no midió correctamente las posibles consecuencias de su acto, que por favor lo perdone, que con el tiempo quizás pueda ir perfeccionando su estilo de intromisión ventanillera o dejarlo para siempre si resulta que ella finalmente decide no perdonarlo, que lo jura por lo que más quiere, que las playas de estacionamiento son muy parecidas a las calles, que de eso él sabe y que está aburrido de vivir parado.

Roberto sigue sin encontrar consuelo.

Ni siquiera puede encontrar la manera de que sus piernas, deshechas en por lo menos treinta y dos pedazos, al menos se acerquen un poco a las rodillas sucias de chocolate de su querida Mariela.

–Tengo las piernas quebradas. Y solas.

Reclama Roberto.

Al escucharlo, el intruso volador se levanta del asiento que tanto trabajo le ha costado conseguir y le agarra, desde la zona del tobillo, el pie izquierdo con una mano y la rodilla correspondiente a ese tobillo con la otra. De inmediato comienza a hamacar suavemente la pierna entera en distintas direcciones hasta el preciso instante en el que determina que al menos esa extremidad no está quebrada. Luego traslada sus manos hacia la pierna derecha del hombre que se ha quejado y vuelve a iniciar la misma tarea hasta que arriba a idéntica conclusión que la vez anterior.

Entonces lo dice:

–No están quebradas.

Y a Roberto no le queda otra salida que contestarle:

–Pero están solas.

–Déjeme a mí.

El que dice eso no es el intruso.

El que dice eso, mientras se levanta de su asiento, es el hombre que supiera ocasionar, en el pasado remoto del viaje, el enojo de Mariela y de Roberto a partir de sus desacertados dichos acerca del escaso conocimiento que unía a la pareja.

–Déjeme a mí.

Repite el hombre en el momento que termina de acomodar con algún esfuerzo las rodillas de Roberto. Mucho más esfuerzo le lleva el acomodar las rodillas de la mujer: tiene que limpiarlas primero de los infinitos pedazos de alfajor que las cubren, luego convencerla de que se estire un poco más hacia atrás, de que no tema, de que al menos hasta la próxima estación nadie le caerá desde el cielo sin avisarle convenientemente, de que se relaje, por favor.

–¿Cómo está ahora?

–Bien, gracias.

–¿Y usted, Mariela?

–Bastante mejor, muchísimas gracias, ¿pero, cómo es que se llama usted?

–Washington, señora.

–Excelentes personas los uruguayos, siempre lo dije.

–Muy lindo nombre.

Esto último se lo dice Roberto para agradecerle de la única manera en que se le ocurre que puede agradecer el esfuerzo que ese hombre ha hecho para mitigar su soledad. Y Washington se siente uno de los uruguayos más queridos en esa parte del vagón. Sabe que ahora son amigos, que lo respetan, que será un placer viajar con ellos hasta Retiro. Sabe que ellos saben que él los conoce porque conoce el amor enorme que se profesan sus rodillas. Y sabe, también, que él no es ningún asqueroso intruso, que llegó civilizadamente a ocupar el sitio que ahora ocupa dentro de la sociedad.

Las piernas de la pareja, mientras tanto, tratan como pueden de recomponer una relación que parecía haberse fracturado y ensuciado para siempre. Lentamente, con alguna desconfianza mutua o algún resquemor inconfesable que les viene desde un pasado que se les antoja mucho más feliz que este conflictivo presente que les toca vivir, se vuelven a palpar y a acariciar y a hacerse una sola bola de carne al tiempo que un tipo pasa por el pasillo ofreciendo diarios y revistas y el intruso se remueve con cierta satisfacción en su asiento y el tren parece iniciar, ayudándose de un ruido agudo, una nueva frenada estacionaria.

MALAVER

WASHINGTON AFIRMA EN VOZ alta que no necesita la sección de espectáculos, que hace años que no va al cine ni va al teatro, que a la televisión la escucha porque en su casa siempre está prendida y no le queda otra alternativa, pero que no la mira, que lo jura por su hija Margarita que es argentina y que es lo que más quiere en el mundo. Que aunque le gusta ni siquiera mira el fútbol, que no sabe nada del mundo de los artistas ni le interesa, que nunca supo qué cuernos hacer con la sección de espectáculos, que incluso le parece que hay momentos en los cuales llega a sentir algo parecido al odio por esas páginas debido a que le recuerdan todas las películas y todas las obras de teatro que se ha perdido de ir a ver, que por favor, que por una vez en la vida que se le ocurre algo útil para hacer con esa parte tan gruesa del diario que no la rechacen, que otra vez por favor, que los quiere mucho, de verdad, y que como los quiere tanto necesita verlos felices y contentos como cuando los conoció y no supo interpretarlos.

Entonces aceptan.

Y el uruguayo despliega bien abiertas las hojas de la sección espectáculos del diario en el piso. Justo en el lugar adonde irán a parar los pies de Roberto y de Mariela cuando terminen de quitarse con cuidado los zapatos y amontonarlos sobre los restos vidriosos de una ventanilla que rompió un piedrazo anónimo mientras lloraban por algún motivo o por varios o porque, sencillamente, tomaron rápida conciencia de que habían tardado demasiado tiempo en conocerse.

–Creo que ahora sólo haría falta una manta o un poncho o alguna prenda de similares características. Para ponérselo encima de las piernas y que nadie los moleste, se me ocurre.

Ellos se miran y reconocen en el rápido cruce de miradas que Washington tiene razón. Que les hace falta una manta. O un poncho. O cualquier prenda de similares características que sirva para esconder un poco el amor furioso que se profesan sus extremidades.

Pero no dicen eso.

No.

Dicen otra cosa:

–Estamos bien así, Washington, de todos modos muchas gracias.

–Si me permiten otra intromisión, y les aseguro que ésta no será tan molesta como la primera, me refiero a la de la ventanilla, me gustaría hacerles conocer mi opinión al respecto de lo que acaba de expresarles el señor: me parece que, efectivamente, Washington está en lo correcto. Necesitan algo que les tape las piernas y creo que el saco gris que llevo siempre conmigo por las dudas de que haga frío cuando salgo por la noche de trabajar en la playa de estacionamiento, suple casi perfectamente la falta de una manta o de un poncho en el vecindario.

–Estamos bien así, muchas gracias.

Entonces, y como si no hubiera escuchado el dicho de Roberto que a su vez repetía casi textualmente los dichos inmediatamente anteriores de Mariela, el intruso agente de seguridad bancario, además de vespertino estacionador de coches, se levanta y les cubre las piernas con su saco gris y, quizás también, con mucho de culpa antigua.

–Perdonen pero no tengo otra manera de que lleguen en algún momento del viaje a disculparme la desgraciada actuación ventanillera que he tenido.

El sol está alto.

Las persianas también.

Pero debajo del saco no llega el sol y las rodillas aprovechan el escondite gris para tantearse sin vergüenzas. En los alrededores soleados, en cambio, los ojos de Mariela y de Roberto se buscan con timidez. Con un reparo que no tiene nada que ver con la ternura infinita de sus piernas.

Un chico que ignora el presente de tanta pierna acariciadora deja como al descuido una estampita de San Cayetano sobre el saco gris y Mariela busca una moneda en su cartera para agradecer de algún modo la inesperada bendición divina. Inmediatamente aparece otro chico, muy parecido al anterior, quizás su hermano o su primo, y deja junto al santo, encima del saco y del amor infinito, cinco chocolates de primera marca al increíble precio de un peso, cinco chocolates que en cualquier comercio del ramo costarían un peso y medio o dos, cinco chocolates que el intruso paga y ofrece al grupo en señal inequívoca de reparación por las innumerables molestias ocasionadas durante su intempestiva intromisión.

El grupo acepta.

–¿Cómo es su nombre?

–Narciso.

–Ya está bien, Narciso, por favor no siga. Hace rato que lo perdoné y creo que los caballeros que me acompañan también lo han hecho.

Los caballeros involucrados asienten moviendo apenas sus respectivas cabezas hacia abajo.

–Muchas gracias a todos.

Entonces, y para no mirar más con tanta timidez a Mariela, Roberto hace un esfuerzo y gira su cabeza en dirección al pasillo.

Pero no tiene suerte.

En la excursión hacia el pasillo, sus ojos se topan sin querer con Washington. Más precisamente, sus ojos se detienen en la cara desencajada del uruguayo y ya no pueden seguir paseando por el vagón.

–Discúlpeme, Washington, pero le tengo que avisar que tiene la cara un poco desencajada. Le ruego que no lo vaya a tomar a mal pero está completamente blanco, casi transparente, me animaría a decirle.

–Lo que pasa es que se me juntaron muchas cosas, Roberto, demasiadas.

–No sé.

Y como Roberto no sabe y además Mariela le está preguntando que qué le pasa y Narciso también lo observa con cara de no saber y de querer saber qué es lo que le pasa, Washington no tiene más remedio que contarles que se le juntaron demasiadas cosas, que tiene un problema gravísimo desde hace años, que no sabe bien desde cuándo es que lo tiene pero que hace mucho, desde cuando era chico y todavía vivía en Rocha, que una mañana de invierno se le había ocurrido poner un banco encima de la mesa de la cocina y escalarlo, que se había caído y se había lastimado la cabeza, que ésta es la marca que me quedó, acá, ese surco en la nuca, lo ven, y bueno, que en ese momento le dieron varios puntos y la cosa no pasó a mayores, que el problema comenzó bastante más tarde, quizás en la adolescencia cuando se empleó como mandadero en una oficina inmobiliaria de Montevideo y lo empezaron a enviar casi todos los días a hacer los trámites bancarios, que comenzó a sufrir fuertes mareos e incontenibles ganas de vomitar, que después, cuando se vino a la Argentina y puso el almacén en Almagro el asunto se le pasó, que por las dudas, su novia, la que ahora era su mujer, se encargaba de los cheques y de los trámites, pero un buen día, y cuando parecía que sus problemas no eran más que recuerdos horribles, se le ocurrió comprar un televisor, de esto hace años, y que ahí le volvieron los fuertes mareos y las incontenibles ganas de vomitar, que al principio no supo por qué era que le venían, que recién se dio cuenta el día en que se mareó y le vinieron las ganas de vomitar cuando estaba leyendo en un diario el aviso de un crédito muy ventajoso que publicitaba el Banco Hipotecario Nacional, que con el tiempo le bastó solamente con escuchar la palabra "banco" para marearse y que le vinieran las ganas de vomitar, que por eso era que no miraba nunca la televisión, por las dudas, ni siquiera los partidos de fútbol, que se le habían juntado demasiadas cosas, que primero Narciso había entrado por la ventana repitiendo orgulloso que trabajaba en un banco y que después, para colmo, cuando sacó la sección espectáculos para que las piernas de ellos estuvieran más cómodas, se encontró sin querer con el aviso a toda página de una compañía financiera, pero que no se preocupen, que de todas maneras y a pesar de que se siente mareado y con ganas de vomitar nunca jamás ha llegado realmente a desmayarse ni a vomitar, y eso a pesar de que los mareos sean muy fuertes y las ganas de vomitar parezcan incontenibles, que ya se le va a pasar, que por eso se había puesto tan contento cuando los encontró, que no le gusta viajar solo por temor a que le ocurra lo que le está ocurriendo, que casi siempre su hija Margarita lo acompaña al médico, pero que justo hoy, por desgracia, no había podido acompañarlo.

–Quédese tranquilo que no está solo, caballero.

Le dice Mariela mientras le acaricia una mejilla y lo peina y le sacude la caspa del hombro izquierdo y luego también le sacude la caspa del hombro derecho.

–Estamos para ayudarlo.

–Sí.

–Sí. Estamos para eso.

Se suman los otros.

SAN ANDRÉS

DESPUÉS DE TRANSCURRIDO EL inevitable momento de distracción que provoca el ingreso de una nueva tanda aluvional de pasajeros, Mariela comienza a percibir algo muy extraño.

Horrible.

Algo que, tal vez, podría definirse como una inesperada falta de pasión en las hasta ese momento extraordinariamente apasionadas rodillas de su querido vecino de enfrente.

Con desesperación, la mujer mira primero hacia arriba, suspira, luego mira hacia abajo y hacia los costados, vuelve a suspirar, y empieza a sentirse otra vez sola en el mundo y perdida y con unas espantosas ganas de llorar.

Pero.

Con el tercer suspiro, en vez de convertirse en un natural mar de lágrimas, las espantosas ganas de llorar deciden imprevistamente transformarse en odio. Mariela comienza a odiar a Roberto desde sus rodillas y a medida que ese odio recién nacido va creciendo, necesita, quizás para multiplicarse con mayor velocidad, desplazarse en dirección ascendente. Así es como llega, bastante rápido y repleta de odio ascendente, hasta la cara del dueño de esas rodillas otrora tan afectuosas y ahora tan perfectamente distantes y debe reconocer, con vergüenza a más de cierta perplejidad, que la cara de ese hombre está por lo menos tan blanca como la cara del uruguayo.

O, si es posible, está todavía más blanca.

Más transparente.

–¿Qué le pasa, Roberto?

–Siento unos mareos muy fuertes.

Washington escucha el diálogo y no puede menos que acercarse hacia el hombre.

No lo puede creer.

Inmediatamente le pregunta si también siente unas incontenibles ganas de vomitar pero no escucha que Roberto le dice que no o que al menos todavía no, que sólo está mareado. Aparta el saco gris que cubre el amor de las rodillas y le levanta las piernas en un estéril intento por acomodarlas a ambos lados del cuerpo de la señora. Claro que, las exageradas proporciones del cuerpo de la señora no se lo permiten.

Por eso es que la mujer lo ayuda.

Le pide que las acomode con cuidado sobre su regazo, que así estarán mucho mejor, que de ese modo se las podrá masajear con mayor facilidad, y luego, cuando ya están acomodadas, que las deje de una buena vez y que vuelva a sentarse, por favor, que él también está mareado y con ganas de vomitar, que, otra vez por favor, no empeoremos las cosas todavía más de lo que ya están.

Washington acata la orden, retorna a su lugar y a su mareo, mientras Narciso estira lo mejor que puede el saco gris sobre las piernas recientemente acomodadas de Roberto.

Entonces se escucha una voz lejana.

Un murmullo que sobresale apenas por encima del monótono traqueteo del tren.

La voz murmura las maravillosas propiedades de una pomada de origen boliviano que promete la cura de prácticamente todos los males del mundo. Dice la voz que el producto es la más extraordinaria consecuencia de sumar, por un lado, las más antiguas tradiciones incaicas y, por el otro, la grasa de las mejores víboras del altiplano, que es buena para el reuma y para el asma y para las várices y para los dolores de columna o musculares y que termina de raíz con cualquier resfrío o con la peor de las gripes. Que hace crecer el pelo y que también puede curar el empacho, el mal de ojos y las complejas enfermedades cardiovasculares.

–Señor, haga el favor de acercarse un poco.

El hombre escucha y nomás escuchar aparta como puede a la multitud indiferente a su discurso que se agolpa en el pasillo y se acerca repleto de salud y de frascos hasta la enorme mujer que no para de hacerle señas y de gritarle desde la otra punta del vagón.

Cuando llega a poco menos de diez metros de los gritos y de las señas, la enorme mujer se apura a explicarle que se trata de una muy grave emergencia, que dos de los amigos que la acompañan se encuentran fuertemente mareados y con unas ganas incontenibles de vomitar, que si él cree que esa maravillosa pomada boliviana que está ofreciendo al público puede hacer algo en casos tan extremos como son los casos de los dos amigos que la acompañan.

–Desde luego, señora. Estoy convencido que con un solo pote le va a alcanzar y le va a sobrar para tratar convenientemente ambos casos.

–Apúrese entonces, buen hombre.

Y el buen hombre se apura y le explica que para el tema de los mareos le parece que lo más correcto sería aplicar la pócima sobre la frente de los afectados mediante un delicado masaje. Que para el asunto de los vómitos, en cambio, lo mejor sería untar con mucho cariño y una cantidad más o menos abundante de crema justo debajo de los orificios nasales. Y que, si después de un rato de realizados los trabajos antedichos el problema subsistiera, quizás habría que frotar con decisión la región estomacal de los enfermos, que eso es todo, querida señora, que si el bálsamo no funcionara, aún después de este último y decisivo frote, sólo cabría la posibilidad de encomendarse a San Cristóbal que es un santo que a él siempre lo ha ayudado en casos de extrema necesidad.

–Deme dos frascos, caballero.

–Le alcanza con uno. No me gustaría robarle su dinero, señora.

–Deme dos, por favor. Si bien es cierto que a Roberto es la primera vez que le sucede, a Washington, en cambio, le viene ocurriendo lo mismo desde que era muy joven y vivía en Rocha o en Montevideo. Así que, si su crema llega a funcionar, a mi amigo uruguayo le convendrá quedarse con un frasco de repuesto para el futuro, no sé si me entiende.

–Le entiendo perfectamente. Pero entonces, y si no me equivoco en la suma, creo que la medicación va a costarle unos cuatro pesos.

–Tome, querido, no hay dinero suficiente para pagar la salud.

–Muchas gracias y que les aproveche, usted se lo merece, doña.

El hombre se pierde rápidamente con sus últimas palabras dentro de la multitud, el ventilador del techo sigue girando, y ahora la mujer está tratando afanosamente de desprenderse de unas piernas amigas que viajan mareadas sobre su regazo. Finalmente lo consigue y entonces se levanta, abre el frasco, y comienza, con la mayor de las delicadezas de que es capaz, a frotarle la frente a Roberto. Narciso no pierde el tiempo y hace lo propio con la frente del uruguayo.

Después de untar cariñosa y abundantemente la nariz de su paciente, la mujer se da la vuelta, inspecciona el trabajo realizado por el solícito agente de seguridad bancario, lo aprueba con un movimiento mínimo de mentón caído, se sienta, y le pide al mismo solícito agente de seguridad bancario que acomode nuevamente las piernas de Roberto encima de su regazo, aunque esta vez se lo pide con un movimiento no tan mínimo y exactamente inverso al movimiento de mentón anterior.

El hombre acata el pedido y realiza presuroso la tarea encomendada por el mentón más locuaz que haya visto en su ya larga vida de custodio, al mismo tiempo que se da maña para colocar el saco gris exactamente en la misma posición en la que se encontraba con anterioridad a la milagrosa llegada de la crema boliviana.

Por las dudas.

Para que todos estén bien.

O para no tener que obedecer más los movimientos acompasados y precisos del mentón de la señora.

El sol no hace nada.

Sólo calienta un poco la escena desde afuera mientras el tren comienza una nueva y tranquila detención.

SAN MARTÍN

A PRIMERA VISTA PARECERÍA POR lo menos inverosímil que tanta gente fuera a ser capaz de ingresar a un tren en donde ya hace un buen rato parece del todo imposible que ingrese una persona más.

Pero sí.

Ingresan.

Y se amontonan como pueden mientras Washington está contándole a Mariela, muy cerca de la oreja derecha, que la crema boliviana es muy buena, que le ha dado inmediatos resultados, que se encuentra mucho mejor, que ahora solamente está un poco mareado, nada más, que ya ni se acuerda de las incontenibles ganas de vomitar que tenía unos minutos atrás. Que qué suerte que a ella se le haya ocurrido comprar dos frascos y no uno como le sugería el honesto vendedor, que si le permite él quisiera abonarle el medicamento del altiplano porque le gustaría llevarse todo lo que sobró a su casa, que gracias, que muchísimas gracias por ser tan buena amiga de sus amigos, que etcétera.

–Tenga.

Dice la mujer, sin necesidad de mover el mentón, mientras le alcanza el pote lleno.

–Mil gracias.

–No es nada.

Mariela dice eso porque no quiere decir nada más.

Está contenta.

Casi feliz.

Y la razón de su felicidad tiene bastante que ver con

que Roberto no para de mover el dedo gordo del pie derecho desde el momento mismo en que el uruguayo empezó a hablarle muy cerca de la oreja.

Así que.

La mujer ahora sabe que el hombre está vivo y sabe también que un dedo gordo apasionado de ese hombre tan apasionado, y otra vez con vida, puede resultar por lo menos tan cariñoso como cualquiera de sus rodillas.

O más.

Entonces.

Ella no necesita hablar con nadie.

No quiere.

Lo único que quiere en ese momento es encerrarse convenientemente dentro de sí misma y gozar a sus anchas con el jugueteo exquisito que está desarrollando el dedo gordo amado debajo del saco gris.

Cierra los ojos y hace bien en cerrar los ojos.

Pero ocurre que a veces los ojos cerrados no alcanzan y la felicidad dura demasiado poco.

A veces ocurre, por ejemplo, que Narciso le pregunte a Roberto cómo es que se siente y Roberto no tenga más remedio que explicarle que se siente mucho mejor y entonces el dedo gordo proveedor de felicidad se distrae.

Por eso.

Mariela, que sabe perfectamente que la distracción es la madre de todos los olvidos humanos, comienza a temer que si la conversación entre los dos caballeros vecinos se prolonga durante demasiado tiempo, ese dedo gordo tan tierno quizás no vuelva a moverse nunca más y entonces no le queda otra alternativa que pedirle encarecidamente a Narciso que deje descansar a Roberto un rato más, por favor, que permita que la crema actúe, que se lo ruega de todo corazón.

Narciso no pregunta más.

Y Roberto agradece de la única manera en que puede hacerlo: moviendo todos los dedos del pie derecho al mismo tiempo que intenta con el izquierdo introducirse amablemente dentro de la holgada camisa azul marino de la mujer que ha sabido defender con tanta energía su paulatina recuperación.

Lo consigue.

Y, como lo consigue, también hace lo propio con el pie derecho.

Lo que no puede conseguir, muy a pesar de la increíble agilidad de sus dedos, es vulnerar la fortaleza del corpiño.

No puede.

Y si no puede no es por falta de ganas.

No.

Si no puede es porque el armazón metálico de la prenda en cuestión parece estar definitivamente incrustado en el blando cuerpo de la señora.

Por eso, cansado de luchar en vano, resuelve que lo mejor es dejar las ganas de más de una buena vez y disfrutar de lo que tiene. Es decir: disfrutar de las blanduras accesibles.

Un muchacho, perfectamente ignorante de lo que se está gestando debajo del saco, aprovecha el lugar gris para apoyar una enorme cartuchera plástica repleta de fibras y otra bastante más pequeña con tres bolígrafos, un compás y un transportador. También le deja estuches similares a Narciso y se aleja. Unos segundos más tarde escuchan que la extraordinaria oferta, compuesta de las treinta y seis fibras más las lapiceras de trazo fino de tres colores diferentes más los siempre necesarios utensilios escolares, está al alcance del público por solamente dos pesos, sí, no están soñando, escucharon bien, tan sólo dos pesos. Que, desde luego, se trata de una oferta imperdible, y que, como la oferta resulta imperdible además de limitada, sería bárbaro que los señores y las señoras allí presentes aprovecharan su suerte y no se la perdieran por nada del mundo.

Mariela no se la pierde.

Saca un billete de dos pesos de la cartera y se los entrega al muchacho.

Pero claro, por no perderse nada del mundo, tampoco pierde el tiempo. En un movimiento que no es percibido ni siquiera por Roberto, que está justamente enfrente de ella percibiendo extasiado hasta el más mínimo de sus movimientos, la mujer se las ingenia para desabrocharse el tortuoso corpiño que separa sus tetas de los pies más suaves que han pasado por su vida.

Después de ese imperceptible movimiento, la señora realiza un par de movimientos mucho más evidentes: primero guarda con tranquilidad las cartucheras en la cartera y luego estira lentamente el saco gris hasta las cercanías de su cuello.

Washington la mira intrigado.

Y como Washington la mira tan intrigado, ella se ve en el imperioso deber femenino de explicarle que se subió el saquito gris hasta el cuello porque siente un poco de frío a pesar del evidente calor del vagón, que así son los cuerpos de las mujeres de su edad, que qué le va a hacer. Y no le explica nada más porque a Washington le alcanza y le sobra con esa explicación y porque además piensa que todavía debe estar un poco mareado, seguramente, y ella cree que es mejor dejarlo en paz.

La sorpresa de Roberto es mayúscula.

Como por arte de magia, los candados metálicos que separaban, antes de la llegada de las fibras y los bolígrafos de tres colores diferentes y los utensilios escolares, los ágiles extremos de sus extremidades de la voluptuosidad mamaria de la señora, ahora se abren fácilmente a la casi infinita habilidad de sus dedos.

Está otra vez feliz.

Y como está otra vez feliz quiere descubrir cómo es que se dibuja la felicidad en la cara de la dueña de esos pechos suaves e inabarcables. Entonces levanta la vista y descubre que la mujer es toda turbación de ojos cerrados y excesivo rubor en las mejillas. Una manera de la felicidad diametralmente distinta a la de él. Una forma tímida que le produce, si cabe la posibilidad, todavía mayor felicidad.

El cielo está detrás de unos árboles que están detrás de un montón de gente que se apresta a subir al tren apenas éste se detenga.

Gente que no tiene ni la menor idea de que Roberto ya no está mareado ni con ganas de vomitar. Que desconoce la sensualidad de unos pies a los que le crecen dedos por todos los costados.

Gente que ignora el extraordinario placer que sienten dos pezones oscuros y gigantes mientras son acariciados con entusiasmo justo debajo de un saco gris que es propiedad de un agente de seguridad bancario que, a decir verdad, tampoco sabe nada del asunto.

MIGUELETE

UN MONTÓN DE DEDOS APRISIONAN suavemente los pezones oscuros y gigantes de una mujer justo en el momento en el que se escucha un ruido.

Entonces.

Como el dueño de esos dedos no sabe si lo que está escuchando son los gritos gozosos de la mujer o el simple chirrido agudo de las ruedas del tren que parte de la estación, resuelve cerciorarse convenientemente del origen de los sonidos. Mira a la señora y al mirarla debe reconocer con masculina humildad que sus ojos siguen completamente cerrados, que sólo se ha incrementado un poco el rubor de las mejillas, y que, desafortunadamente para su orgullo varonil, los ruidos provienen de las vías, nomás.

También debe reconocer, casi de inmediato y entre otras muchas cosas, que ama perdidamente a esa mujer, que hasta esa mañana ignoraba por completo que un hombre pudiese ser tan feliz en este mundo, que es feliz en este mundo porque la ama perdidamente, que ya no puede imaginarse la propia vida sin esa mujer gigante a su lado, que.

–¿No escuchó un grito?

Le pregunta Narciso a su enamorado compañero de asiento sin siquiera sospechar que está interrumpiendo una serie casi interminable de humildes reconocimientos masculinos.

–No, hombre, está confundido. Y lo comprendo perfectamente, se lo juro. A mí también me pasó lo mismo.

Era el chirrido de las ruedas del tren cuando salía de la estación.

Pero Narciso le asegura a Roberto que no, que de ninguna manera, que no está confundido, que lo que él escuchó no era el chirrido agudo del tren saliendo de una estación, que lo que él escuchó fue un grito desgarrador, un grito horrible, conmovedor. Que él sabe mucho de ruidos y de gritos por culpa de su profesión de vigilador, que aunque esté dormido él igual escucha todo, que de noche acostumbra a tomar pastillas para dormir pero se despierta lo mismo ante el más mínimo sonido, que su señora está harta de que él se despierte a cada rato porque a veces también la despierta a ella sin querer, pero que él, lamentablemente, no puede hacer nada contra eso, que es más fuerte que sus ganas de dormir, que un médico joven del hospital de Villa Ballester le explicó que se trata de una típica deformación profesional, que va a ir a investigar lo que pasó, que le cuide el lugar, por favor, que vuelve en un segundo.

–¿Se siente bien, Roberto?

Ahora la que pregunta es Mariela.

Y si pregunta no es porque le atraiga mayormente el asunto de los gritos o de los ruidos. Si pregunta es, simplemente, porque los dedos del hombre al que va destinada la pregunta primero se detuvieron repentinamente y un poco después se apartaron. Y ella se asustó y se sintió otra vez sola en el mundo y perdida y tuvo que hacer un gran esfuerzo y abrir los ojos y pensar por un momento que la crema boliviana era un fraude, que no servía para nada, que el hombre había vuelto a sentir los fuertes mareos, y que, quizás, hasta tuviese nuevamente unas ganas incontenibles de vomitar.

–Me siento muy bien.

–¿Ya pasamos Colegiales?

Pregunta la mujer por preguntar o porque no estaba del todo preparada para una respuesta tan positiva de Roberto o, quizás, para hacer tiempo mientras acomoda con todo el esmero de que es capaz, otra vez el simpático saco gris cerca de su gordo cuello.

Pero, como preguntó algo, Roberto se ve en la obligación de contestarle algo y para contestarle algo tiene primero que asomar la cabeza por la ventanilla y después intentar reconocer alguna casa o alguna calle que le dé una pista aproximada sobre la actual situación del convoy.

–No. Todavía falta mucho. Recién acabamos de cruzar la General Paz.

–¿Y el señor Narciso?

–Se fue a investigar un grito que escuchó.

–¿Se fue a investigar un grito?

–Sí. Pero no se preocupe por el saquito gris, Mariela. Me pidió encarecidamente que le cuidara el lugar, que volvía en un segundo.

Y, efectivamente, Narciso vuelve en un segundo.

Pero vuelve lleno de dudas y con unas ganas irreprimibles de plantear en el seno del grupo sus muchas dudas.

Entonces, como sus ganas son irreprimibles, no las reprime. Les comenta que le costó un montón llegar hasta el preciso lugar del hecho pero que igual llegó porque para él lo esencial es el deber, que nunca se detuvo ante ningún obstáculo y que ésta no iba a ser la primera vez en que renunciara tan fácilmente a cumplir con sus obligaciones. Repite que llegó y agrega que la gente que se hallaba en las inmediaciones del lugar del hecho, y ante sus reiteradas consultas, le respondió que el hombre se había caído, que iba en el estribo del vagón, que seguramente se había quedado dormido, que era un hombre muy joven. Pero claro, que eso era, sencillamente, lo que supo decirle la gente que rondaba por el lugar del hecho, que él no cree que una persona que viaja en el estribo de un vagón pueda quedarse dormida con tanta facilidad, que para él lo tiraron. Que lo tiraron sin querer o lo tiraron queriendo pero que lo tiraron, que cómo se va a quedar dormido un tipo joven que está viajando en el sitio más peligroso de todo el tren, que no, que no puede ser, que él no se cree lo de la caída accidental.

Washington está en completo desacuerdo con las opiniones vertidas por el investigador.

Reconoce con humildad que él no sabe nada del oficio de investigar caídas humanas de los trenes pero que igualmente se atreve a afirmar que es bastante posible quedarse dormido. Que la gente trabaja muchas horas por día, quizás demasiadas, y que, además, el monótono traqueteo del tren suele producir somnolencia, que a él le pasa que siempre se duerme cuando viaja en tren, que se duerme hasta cuando no tiene ganas de dormir, que cuando viaja en colectivo no le acontece lo mismo, que a lo sumo cabecea un poco, que por qué motivo alguien querría tirar del tren a un muchacho que viajaba en una posición tan incómoda.

–Se cayó.

Afirma conmovida Mariela y Roberto no puede más que conmoverse y estar de acuerdo con la conmoción de la mujer:

–Se cayó. ¿Qué motivo tan importante puede llevar a

cualquier ser humano a arrojar a otro ser humano cualquiera debajo de un tren?

Entonces Narciso aprovecha la oportunidad para explicarles a todos que la pregunta de Roberto, que a su vez es muy similar a la última parte de los dichos del uruguayo, es fundamental en el inicio de cualquier investigación. Que se trata, ni más ni menos, que del móvil del crimen, que por lo general, cuando el investigador descubre el móvil del crimen ya está muy cerca de averiguar quién es el asesino. Que en este caso él estuvo inquiriendo a la gente que encontró en las cercanías del hecho pero que nadie le supo o le quiso decir nada que no fuese que el hombre se había caído; que precisamente esa falta de respuestas a sus preguntas fue una de las cuestiones que le hizo reflexionar acerca de la posibilidad de que no se tratara de un simple accidente sino que se tratara de un homicidio de lo más cruento.

–Disculpen si me meto en lo que no me importa pero, como estoy parada aquí junto a ustedes y lo seguiré estando por un rato más si no es que se produce el milagro de que alguno de los que me están oyendo se baje antes de la estación Villa Urquiza, creo que me es un deber informarles, sobre todo al señor que acaba de retornar del lugar del hecho y por lo que llevo escuchado, que el muchacho que se cayó no era un muchacho cualquiera, no, era el muchacho que acostumbraba vender esas pomadas de grasa de víboras bolivianas que sirven para curar casi todos los males que afligen al mundo.

–¿Está completamente segura de lo que acaba de afirmar, señorita?

–Señora, si me disculpa.

–Discúlpeme.

–Lo disculpo.

–¿Pero está usted segura, señora?

Washington pregunta y repregunta. Está desconsolado. Y mientras pregunta y repregunta no puede dejar de mirar intermitentemente a la mujer y al único frasco boliviano que guarda en el bolsillo.

–Estoy completamente segura, caballero. Lo están repitiendo por todo el vagón, sólo que como ustedes no paraban de hablar no pudieron escucharlo.

Narciso les pide por medio de elocuentes señas que se acerquen y Washington lo hace. Roberto, en cambio, inclina apenas la cabeza.

Mariela no.

Mariela se mantiene firme en su sitio.

De acercarse tendría primero que retirar con cuidado los pies de Roberto fuera de su corpiño, después debería incluso retirarlos de su camisa azul marino y, luego, tendría que llegar hasta el extremo de sacarlos por un rato de encima de su regazo.

No está dispuesta a hacer semejante sacrificio solamente para escuchar las divagaciones del vigilador. Y como no está dispuesta a hacerlo no lo hace y el grupo debe entonces realizar un supremo esfuerzo por acercarse un poco más hacia su inmovilidad.

Entonces.

Narciso les asegura, a media voz, que el caso comienza por fin a esclarecerse, que como todos podían ahora ver con nitidez, él tenía razón desde un principio, que se trataba de un asesinato y que por lo que podía entrever se trataba de un asesinato perfecto o casi perfecto. O bien era un típico ajuste de cuentas entre vendedores ambulantes enemistados o bien el asesino era un cliente defraudado por el producto que el muchacho le había vendido o bien el que lo había arrojado a las vías era un pasajero que estaba harto de los vendedores ambulantes y había elegido a este pobre muchacho como podría haber elegido a cualquier otro para vengarse del sindicato en su conjunto o bien, y por último, el joven había sido arrojado al vacío por un empujón anónimo, por un movimiento criminal involuntario de la multitud. Lo que sí estaba claro, al menos desde su óptica, era que el muchacho no se había caído porque se había quedado dormido en el lugar equivocado, que de eso nada, que cómo se iba a quedar dormido un tipo de lo más despierto y que encima estaba trabajando, que a él eso no se lo iba a hacer creer nadie.

–Se pudo haber caído.

Es el único comentario que se escucha.

Un comentario que no proviene del grupo de amigos sentados alrededor de las palabras de Narciso sino que procede de la mujer que está parada justo enfrente de ellos. La misma mujer que poco antes supo acercarles la noticia de la verdadera identidad del accidentado.

Mariela no quiere escuchar más.

Está triste.

Y el tren se está deteniendo nuevamente y eso origina toda clase de forcejeos en el pasillo.

Gente que pretende bajar y para ello debe luchar a brazo partido con los que quieren ocupar los contados asientos que quedan vacantes o, simplemente, gente que, de pie, sólo quiere continuar ocupando el sitio que con tanta dificultad ha conseguido ocupar y se defiende a los empujones de la estampida descendente.

Pero Mariela no se entera de los forcejeos ni de los deseos diametralmente opuestos de la luchadora multitud que habita el pasillo.

No se entera porque está triste.

Muy triste.

PUEYRREDÓN

—ESTOY MUY triste.

Les comenta Mariela para que los demás se enteren cómo está de alicaído su estado de ánimo.

—Muy triste.

Repite sin necesidad.

Y la repetición innecesaria de la tristeza de la mujer empieza a contagiar.

Por eso es que los hombres ahora cuentan con alguna desesperación las incontables rajaduras del piso plástico y por eso es que también la señora, que permanece estoicamente de pie a un costado del grupo, busca en el ventilador del techo algún hueco que le permita olvidarse al menos por un rato de que ella es la única culpable de la tristeza del mundo.

Hasta el cielo se nubla repentinamente.

Entonces Mariela, que toma rápida conciencia de que su tristeza ha llegado quizás demasiado lejos, de que su contagio es por demás de virulento y de que hasta el cielo se ha nublado de repente, decide que debe hacer algo enseguida para detener tanta congoja porque, si no lo hace, muy pronto su contagioso estado de ánimo se expandirá sin medida por los vagones, alcanzará hasta al mismísimo maquinista, y, muy probablemente, el tren terminará descarrilando por sobrepeso de tristeza.

Así que.

La mujer hace un supremo esfuerzo de solidaridad y se explica:

—Estoy triste porque era un buen muchacho. Honesto

y trabajador. Un muchacho que se ganaba la vida sanando a la gente. Un médico casi. Y yo le profeso un gran cariño a la gente que dedica su vida a salvar la vida de otra gente. Estoy muy triste por eso pero estoy todavía más triste porque, según lo que ha expuesto Narciso como fruto de sus exhaustivas investigaciones, una de las hipótesis establece que el móvil del crimen podría ser el cansancio o quizás el odio de algún pasajero hacia el simpático sindicato de vendedores ambulantes. Es una posibilidad, si ustedes me permiten, que mi imaginación no alcanza a comprender. Una posibilidad que no me termina de entrar en la cabeza.

–Pero ésa era una sola de entre otras varias posibilidades, Mariela.

Se defiende Narciso.

–Pero usted la incluyó.

–Era mi deber.

La señora que viaja de pie buscando en el ventilador del techo algún agujero en donde perderse entiende que ya no es la culpable de la tristeza del mundo o que, por lo menos, no es la única y entonces se anima a dejar de buscar la solución a todos sus problemas en un artefacto mecánico giratorio que aparentemente no posee ningún agujero al alcance de su vista y vuelve su atención nuevamente hacia el grupo.

Roberto y Washington hacen lo propio: también se animan a dejar en paz por un rato las infinitas rajaduras del piso plástico. El tren, mientras tanto, sigue su marcha sin enterarse y los infinitos dedos de Roberto vuelven a descubrir su extrema proximidad con las tetas de Mariela.

Washington sospecha que el muchacho arrastró en su

caída un montón de frascos llenos con la pomada que le curó los mareos y los vómitos y reconoce con cierta lástima que todos esos frascos perdidos bien podrían haberle salvado el futuro de su vida.

Narciso, en cambio, no para de justificarse a los gritos: afirma que la tarea del investigador es, muchas veces, ingrata; que aunque alguna de ellas pudiese ser muy triste, él no podía dejar de tener en cuenta, una por una, absolutamente todas y cada una de las hipótesis criminales. Pero que, de cualquier manera, precisamente la hipótesis que tanto dolor le causó a la señora Mariela, era, según su criterio, la menos probable, que de cualquier modo y aunque en lo personal le costase entenderlo, él había escuchado en innumerables oportunidades las diversas quejas que suelen exponer decenas de pasajeros hacia el acoso del que se sienten víctimas por parte de la creciente cantidad de vendedores ambulantes que cotidianamente recorren los pasillos de los trenes argentinos, que él no comparte esa apreciación en ningún sentido, pero que el malestar existe y un investigador que se precie de tal no puede soslayar una opinión, que aunque equivocada, aparece tan extendida dentro de la comunidad que usufructúa del servicio ferroviario.

Claro que, ya a esta altura del dilatado discurso del vigilador bancario, poco le importa a Mariela algo que no tenga que ver con la dulzura infinita de los dedos que acarician nuevamente sus enormes pezones y Roberto tampoco tiene sitio en su cabeza para otra cosa que no sea el soñar con unos enormes pezones imaginarios que, a decir verdad, resultan muy parecidos a los de la señora que tiene enfrente.

Y Washington se da cuenta.

Se da cuenta del poco interés que demuestra la pareja hacia el extenso soliloquio del investigador. Pero se da cuenta de eso, nomás. Y como se da cuenta de eso, nomás, se equivoca de lo más fiero.

–¿Cómo se siente, Roberto?

Y Roberto, que se siente maravillosamente bien, sólo atina a decirle la verdad: que se siente maravillosamente bien. Entonces Narciso, que como buen investigador siempre está alerta de lo que pueda acontecer a su alrededor, aunque lo que acontezca a su alrededor no lo involucre en lo más mínimo, se levanta y pretende ayudar a un hombre, que se siente maravillosamente bien así como está, a bajar los pies desde la posición en la que son felices hasta la infeliz posición que ocupaban con anterioridad a la aparición de los fuertes mareos y de las incontenibles ganas de vomitar.

–¿Qué está haciendo?

Pregunta Roberto sobresaltado.

–Lo estoy ayudando.

–No, por favor, puedo hacerlo solo.

Contesta Roberto porque no puede creer que a alguien se le ocurra, justo en ese momento, que sus pies necesiten de ayuda y porque comprende, además, que resultaría imposible explicarle con alguna posibilidad de éxito al vigilador que, aunque se siente maravillosamente bien, le encantaría poder seguir manteniendo sus pies en el sitio en el que se encuentran.

–Solamente quería ayudarlo.

Intercede la mujer del pasillo y recibe sobre sus dichos la mirada más agria que una mujer menuda haya recibido jamás de parte de una mujer gigante.

Por eso.

Y porque no quiere volver a buscar huecos adonde perderse en la superficie de un artefacto giratorio que evidentemente no los posee, es que se despide velozmente argumentando que se baja en la próxima estación, que hay demasiada gente en el pasillo, que lamenta mucho no poder seguir acompañándolos pero que se tiene que apurar porque le va a costar un montón llegar a tiempo hasta la puerta de salida.

–Esa mujer me ponía triste. Menos mal que se fue. No la aguantaba ni un minuto más.

Dice Mariela apenas la mujer se ha alejado lo suficiente como para no escucharla. Y lo dice, entre otras cosas, para que los hombres atiendan el lento movimiento de sus labios y no descubran los apurados movimientos que tiene que realizar para poner un poco de orden en su corpiño desabrochado.

–Estoy de acuerdo.

Está de acuerdo Narciso porque de esa manera se siente menos culpable de haber pensado, hipotéticamente, que una estúpida hipótesis suya podría ser la causa del descarrilamiento de un tren por sobrepeso de tristeza.

–A mí tampoco me gustaba.

Se solidariza Washington.

Y Roberto:

–Era una víbora.

Una ingenuidad, desde luego, es lo que se le ocurre decir a Roberto. Pero bueno, lo cierto es que una víbora trae a la memoria colectiva del grupo el recuerdo de otras víboras y que la imagen de esas otras víboras arrima involuntariamente el recuerdo del muchacho que vendía los potes llenos de la crema producida por la grasa de esas otras víboras y que esa cadena de imágenes ofídicas más la falta de unos dedos encantadores acariciando sus pechos provocan el llanto brutal de la mujer.

Y el femenino llanto brutal genera, apenas un instante después y sin proponérselo, el llanto brutal y compañero de Roberto. Un poco más tarde, la brutalidad del llanto de la pareja también es compartida por Washington.

Narciso, que a esta altura del viaje, es el único que ha podido sustraerse a la epidemia de lágrimas que afecta la zona, busca pañuelos en los bolsillos vacíos y como no los encuentra dice que vamos, que no se lo tomen así, que seguramente el muchacho no se hizo nada, que se puede haber lastimado un poco nomás, que hay gente que incluso se ha salvado en la caída de un avión y que caerse desde un avión es bastante más peligroso que caerse desde un tren, que la asquerosa mujer del pasillo ya no está, así que por favor se dejen de llorar de una buena vez, que él no es de fierro a pesar de que en su profesión haya que mostrarse siempre como un duro, que.

Y el tren se detiene a los tropezones.

VILLA URQUIZA

BAJA MUCHA gente.

Gente entre la que se incluye una señora que viajaba de pie junto a ellos en el pasillo y que ahora, desde el andén, agita con fuerza su mano derecha en señal inequívoca de despedida. Una mujer que no entiende las lágrimas en los ojos de aquellos que está despidiendo y que entiende todavía menos que ninguno de ellos se digne siquiera a retribuirle el saludo.

Pero así están las cosas ahí adentro.

Porque, además del llanto y de las pocas ganas de saludar a la señora, adentro también hay dos hombres emponchados. Uno, guitarra en manos y armónica en boca. El otro, con un bombo y preparando la voz con un nada sutil carraspeo. Dos hombres emponchados que dan comienzo, sin atender demasiado a cómo es que están de lacrimógenas las cosas ahí adentro, a una chacarera.

La letra es muy divertida y los comentarios que realizan entre estrofa y estrofa lo son mucho más: que qué suerte que hemos tenido, Pedro, venir desde tan lejos para encontrarnos con un público tan simpático, tan dicharachero y tan numeroso, que qué lindo que es pasear de la alegre manera en que pasea esta gente tan amable de Buenos Aires, Carlitos, mirá si en Salta íbamos a encontrar semejante auditorio, que quién se lo iba a decir a él, llegar apenas hace unos días y ya estar triunfando de esa forma en la capital, que la envidia que tendrían los parroquianos del bar aquel que frecuentábamos en Orán, hermano, si vieran a toda esta multitud festejando nuestras coplas y hasta con ganas reprimidas de hacer palmas y de pedir un bis; que de seguro estos cristianos, primo, nos van a llenar de monedas, qué digo monedas, Pedrito, de gruesos billetes nos van a engordar la gorra.

–Se acaba.

Y por acabarse, también se acaba el llanto de Mariela. La mujer ahora está buscando en su cartera alguna pesada moneda de un peso para entregársela a los músicos.

Y, como la mujer no llora más, inmediatamente también dejan de lagrimear sus solidarios compañeros de asiento.

–Tome, querido, se lo merece.

–Muchas gracias, preciosa.

–Le agradezco el cumplido pero, por favor, hágame caso y no se acerque a los estribos del tren hasta que la máquina se haya detenido en una estación. Es muy peligroso.

–Gracias de nuevo, doña, aunque esta vez las gracias se las doy por el consejo, usted ya sabe, hay cosas que a pesar de la necesidad, se valoran tanto o más que las monedas.

El hombre se va y la mujer se queda.

Y las que también se quedan son sus rodillas. Unas rodillas que viven pegadas a las de Roberto pero que, a pesar de la proximidad y a pesar del inmenso cariño mutuo, no manifiestan ya pasión alguna con el roce. Lo que fuera en un tiempo, un tiempo que parece de lo más lejano, un juego excitante, se ha convertido, ahora, en un roce que no significa prácticamente nada.

Nada.

Por eso.

En una acción casi increíble, sobre todo teniendo en cuenta la magnitud de la pierna a la que estamos haciendo referencia, Mariela alcanza a asir el saco gris con el dedo más pequeño de su pie izquierdo y lo lleva, sin que nadie más que Roberto advierta el viaje que ha iniciado, hasta encima de la mismísima bragueta del hombre. Y, una vez que el susodicho pie consigue arribar con éxito a la meta, no se detiene hasta apoyarse sobre ella con todo su peso. Aunque también habría que decir que lo hace de una manera exquisita, como si ese obeso pie izquierdo no fuese más que un compacto manojo de delicadas plumas de ganso.

Washington reflexiona en voz alta que quizás el investigador tenga razón y el muchacho se haya salvado, que no tiene importancia si es que recibió algunas heridas de consideración, que por suerte se cayó con una valija repleta de frascos con esa crema de grasa de víboras del altiplano tan maravillosa, que caerse del tren con esa valija no es lo mismo que caerse del tren agarrado de una guitarra o de una armónica o de un bombo, que habría que ser un poco más optimista, que a la vuelta seguro que lo encontramos ofreciendo otra vez sus productos, que si él lo encuentra a la vuelta, le va a comprar, por lo menos, media docena de esos extraordinarios potes bolivianos.

–Seguro.

Afirma Narciso con el único objetivo de apoyar solidariamente la incipiente recuperación moral del grupo.

–Seguro.

Repite Roberto mientras acomoda con cuidado el saco gris a partir de su estómago y hasta las rodillas. Mientras piensa en lo complicado de la tarea que ha emprendido la señora: bajar el cierre de su pantalón con una suerte de precaria tenaza que ha construido laboriosamente a partir de dos de sus dedos.

–Ojalá.

Dice la mujer y Roberto no sabe si su deseo tiene que ver con la probabilidad de que el muchacho que se cayó o que tiraron del tren se haya salvado o si, en cambio, su expresión está íntimamente ligada al formidable esfuerzo que están haciendo dos de los dedos de su ancho pie izquierdo. Y como no lo sabe y Narciso parece haberse embarcado en una explicación sin ningún futuro que pretende negar de hecho la hipótesis según la cual una de las posibles causas de la caída del muchacho estaba fuertemente emparentada con el cansancio que muestra una numerosa parte del público consumidor de viajes en ferrocarril hacia el sindicato de vendedores ambulantes, decide que la expresión de la señora tiene más que ver con su bragueta que con el desgraciado episodio del muchacho y entonces se las ingenia para abrir el cierre de su pantalón a rayas finitas al mismo tiempo que apoya, con la expresión más circunspecta que puede dibujar en su cara, los contradictorios dichos del investigador.

–Así me parece mejor.

Dice, sin pensar demasiado en lo que está diciendo, apenas concluir con el descenso del cierre. Por eso, porque lo dijo sin pensar lo que estaba diciendo, es que no entiende que Washington le esté recriminando su frágil postura frente a las cambiantes opiniones del investigador. Y entiende todavía menos que, ahora, lo esté apuntando con su dedo índice y le esté asegurando que algo funciona mal en los razonamientos de Narciso; que no puede ser, de ninguna manera, que un investigador de su categoría exponga una hipótesis y habiendo logrado con su exposición el llanto de una buena porción del vagón, a los pocos kilómetros se le ocurra que esa bendita primera exposición era errónea y que había sido una verdadera temeridad de su parte haberla expuesto sin considerar convenientemente sus lamentables consecuencias.

Roberto no puede contestar porque en realidad ni siquiera se acuerda de lo que ha dicho. Entonces Mariela tiene que agradecerle, de alguna forma, que antes él la haya ayudado bajando el cierre de su pantalón:

–A mí también me parece que ahora está mejor.

–¿A usted le parece, señora?

El uruguayo no puede creer que la mujer que más lágrimas ha vertido esa mañana se ponga de acuerdo tan fácilmente con los nuevos dichos del investigador.

–Sí. Me lo parece.

Y el tren se detiene sin poder detener la alegría de Narciso por los pareceres de la señora.

Sin poder detener, tampoco, la novedosa y exuberante felicidad de la pareja.

LUIS MARÍA DRAGO

—DISCULPEN. soy alérgico.

Les advierte el señor que ahora ocupa exactamente la misma posición que con anterioridad había ocupado la entrometida señora que supo provocar una de las mayores tristezas colectivas que recuerda la historia de los ferrocarriles argentinos.

Y como nadie le contesta, y el silencio más los constantes estornudos lo hacen sentir de lo más ridículo, el alérgico señor se ve en la imperiosa necesidad de explicarse unilateralmente. Admite que él se da cuenta de lo horrible que debe ser tener que viajar justo al lado de un tipo que estornuda ruidosamente cada quince o veinte segundos, que por eso es que él siempre se anticipa al malestar general y pide disculpas de antemano, que no posee auto y que ésta es la manera más rápida que tiene de llegar a Belgrano, que, lamentablemente, su alergia tiene como origen el tren o en su defecto alguno de los materiales con los que están construidos los trenes, que no le pasa lo mismo en los colectivos pero que no los toma porque no tiene ninguno que sea más o menos directo. Que aunque sea difícil de creer, en el subterráneo tampoco le ocurre, y eso que, a su humilde entender, los subterráneos son como trenes que andan por debajo de la tierra, que por favor sepan comprenderlo y no lo juzguen mal por su egoísmo, que para ellos será apenas una cuestión de minutos y que de esta manera él se ahorra casi media hora de viaje. Que espera, de todo corazón, no salpicarlos, que maneja bastante bien el asunto de las salpicaduras porque le sobra experiencia, pero que, si de todos modos llegara a salpicar a alguno de ellos sin darse cuenta, que tengan a bien avisarle, que él siempre lleva consigo, por las dudas, un par de pañuelos suplementarios y limpios para esos estornudos que, cada tanto, lo toman desprevenido o mal parado, que es un rato nada más.

–Quédese tranquilo, amigo.

Le dice el uruguayo porque lo siente y porque conoce muy bien lo que es andar por la vida haciendo el ridículo y molestando a los demás y cargando sobre los hombros con una salud tan delicada.

–Muchas gracias.

Agradece los dichos de Washington el caballero portador de la molesta alergia.

Mariela no escucha el agradecimiento ni nada de lo que están hablando los dos hombres. No escucha porque está muy atareada en otras cuestiones. La mujer está tratando denodadamente de introducir al menos uno, de los gordos dedos de su gordo pie izquierdo, dentro de la delgada ranura que atraviesa el calzoncillo de Roberto.

Pero no es fácil.

Y Roberto, aunque quiera, en esta oportunidad no la puede ayudar. Tiene sus dos manos ocupadas en reprimir un inminente estornudo.

Las cosquillas, que hace apenas unos instantes habían comenzado con alguna timidez alrededor de sus fosas nasales, se han multiplicado velozmente y ya están trepando con éxito hasta la región de los ojos y de la frente. Entonces, cuando el hombre intuye que no podrá aguantar por mucho más tiempo sin estornudar, se decide y va en busca del pañuelo que lleva guardado en el bolsillo trasero de su pantalón a rayas finitas.

Mariela percibe el movimiento y se ilusiona.

Cree que el hombre va nuevamente en su ayuda y entonces aprovecha para cerrar con fuerza los párpados y también los puños.

Pero se equivoca.

Y sale de su error demasiado pronto.

Roberto no alcanza a llegar a tiempo con el pañuelo hasta sus orificios nasales y entonces las muchas ilusiones femeninas terminan bañadas por un estornudo colosal, además de completamente realista.

Pero ahí no termina la desilusión.

No.

Mucho antes de que pueda volver a abrir los ojos y los puños, un segundo estornudo, que proviene de los mismos orificios nasales que el anterior, la despierta para siempre de los últimos restos de ilusión que le quedaban.

–¿El señor también es alérgico?

Aprovecha la ocasión para preguntarle a Washington, el hombre que estornuda con muchísima más elegancia que Roberto desde el pasillo. Y el uruguayo le explica que no o que al menos él cree que no. Que el hombre sufrió de fuertes mareos y de incontenibles ganas de vomitar unos kilómetros atrás pero que ésta es la primera vez en todo el viaje que lo escucha estornudar.

Mariela se da por vencida: baja la pierna, acomoda como puede el saco gris encima de Roberto, le ordena a su vecino que le entregue, por favor, el frasco intacto de la pomada proveniente del altiplano y Washington no tiene más remedio que acatar de inmediato los designios de la mujer y desprenderse sin muchas ganas de su tesoro boliviano.

Entonces la mujer unta copiosamente la región inferior

de la nariz del hombre mientras, y como al pasar, se hace de un tiempo extra para desabrocharle el cinturón y abrirle el pantalón.

–Esto le va a hacer bien.

Les comenta a todos la señora por las dudas de que les resulte extraño, a los demás, que para curar unos simples estornudos haya sido necesario desabrocharle el cinturón y abrirle el pantalón. Pero como aparentemente a ninguno de los allí reunidos le ha parecido excesivo el trabajo que ha realizado, la mujer, repleta de paz, le devuelve el frasco al uruguayo, no sin antes encargarle que haga lo propio con la región inferior de la nariz del hombre que estornuda elegantemente de pie en el pasillo.

–No, gracias.

–¿No quiere curarse?

–No.

Y como la señora no entiende su rotunda negativa, el hombre debe explicarle, a ella y a los otros, que ya probó varias veces con la crema de grasa de víboras y que en ningún caso el producto le hizo efecto, que les vuelve a agradecer, de verdad, la intención, que seguramente la crema podrá ayudar al señor que está sentado pero que su caso no tiene solución, que le encantaría explicarles por qué es que su caso no tiene solución pero que no puede hacerlo, que es una lástima, que los tiene que dejar debido a que se baja en la próxima estación, que lo disculpen, que hasta ese día nunca antes le había ocurrido, que jamás había sospechado que su alergia pudiese ser tan contagiosa, que lo lamenta, que las cosas, quizás, hayan llegado demasiado lejos, que a partir de ahora va a tener que despertarse un poco más temprano y viajar en colectivo, nomás, que les desea de todo corazón que terminen muy bien el viaje, que hasta siempre.

El hombre se aleja por el pasillo y los estornudos de Roberto van disminuyendo de una manera casi proporcional al alejamiento del hombre por el pasillo.

Entonces Mariela no pierde el tiempo.

Enseguida se da cuenta de que la alergia ya no es tan virulenta como antes y se las ingenia para volver a acomodar con delicadeza su pie izquierdo en la zona desabrochada y abierta del hombre.

Roberto siente el contacto y lo disfruta.

Pero hace más.

Bastante más.

Inventa un fuerte estornudo perfectamente verosímil para la multitud que lo observa y, mientras sube hasta la nariz la mano que aprisiona el pañuelo, se las arregla para esconder la otra mano, la mano libre, debajo del saco gris. Una vez allí, las cosas son mucho más fáciles, estirando apenas el dedo índice y el dedo medio en direcciones contrarias, abre la delgada ranura que atraviesa su calzoncillo y de esa manera permite el paso apurado de un montón de gruesos dedos femeninos. Después, saca inocentemente a la superficie la mano escondida, mira con tranquilidad los alrededores, se cerciora de la absoluta verosimilitud del estornudo inventado en los gestos de aprobación de la multitud, se congratula con la magnitud de su éxito y, por último, se relaja.

Se relaja justo en el momento que el tren se detiene.

Y ya no estornuda más.

Está curado.

Además de completamente feliz.

AUNQUE, DESAFORTUNADAMENTE, las yemas de los dedos de Mariela son un poco ásperas.

Y Roberto percibe la aspereza.

Claro que el hombre también percibe el fabuloso esfuerzo que realiza la mujer para hacer que sus inflexibles callos plantares parezcan, apenas, delicadas e inquietantes protuberancias.

Por eso es que el hombre agradece de la única manera en que puede hacerlo: con una suave palmadita sobre el empeine del esforzado pie izquierdo de la señora. Una palmadita que queda disimulada detrás del cuidadoso arreglo del solidario saco gris.

Pero.

Eso no es todo.

Muy cerca de la solidaridad del saco, hay un joven que está pidiendo encarecidamente que por favor lo escuchen, que desde luego no es su intención arruinarles el viaje, que piensen por un momento en que para él tampoco es divertido tener que andar gritando por los pasillos de los trenes vestido de verde. Que quizás la sociedad haga bien en querer mirar para otro lado, en querer olvidarse para siempre de aquellos muchachos que ofrendaron sus vidas en las islas Malvinas, que él no quiere juzgar a nadie en particular, que él lo único que pretende es que lo ayuden, a él y a otros muchos que como él andan pidiendo ayuda a los gritos por los pasillos de los trenes metropolitanos. Que el pasajero que se anime a no mirar para otro lado o a no olvidarse de aquellos que tan desinteresadamente supieron defender el honor de la nación en el teatro de operaciones del Atlántico Sur, y que, además, tenga ganas de subsanar, en la medida de sus posibilidades, por supuesto, las heridas no cicatrizadas de aquellos pobres desgraciados a quienes, ahora los políticos y antes los militares, se han negado de manera sistemática a resarcir, que, por favor, lo pueden hacer adquiriendo a sólo cinco pesos una de las calcomanías que mi compañero les ha dejado en sus respectivos asientos, que desde ya muchas gracias, que viva la patria y que si no tienen la suma de cinco pesos para adquirir la calcomanía, que ellos de buena gana aceptarán las donaciones voluntarias que aquellos ciudadanos argentinos memoriosos y con ganas de no mirar para otro lado les deseen realizar, que otra vez viva la patria y feliz viaje.

Roberto le alcanza un peso al ayudante del joven y le devuelve la calcomanía que unos minutos antes había dejado inocentemente encima del saco gris. Aunque, a decir verdad, Roberto no es ni memorioso ni mira para el mismo lado que los muchachos. Ni siquiera lo hace para ayudarlos en la medida de sus posibilidades. No. Si lo hace es, simplemente, para detener el arriesgado intento de Mariela por llegar con éxito hasta su cartera sin dejar por ello de mover con insistencia los ásperos dedos de su gordo pie izquierdo.

A escasos centímetros de la confusa escena, Narciso está desperezándose.

–Estamos arribando a Colegiales.

Le avisa Washington.

–Sí. Muchas gracias.

Y nadie, en el vecindario, se acuerda que ese señor que ahora mismo está estirando las piernas, es el dueño del solidario saco gris. O, al menos, no se acuerdan aquellos del vecindario que están más íntimamente involucrados con la solidaridad de esa prenda de vestir.

Entonces, a Narciso no le queda más remedio que refrescarles la memoria:

–Me bajo en la próxima estación. Van a tener que devolverme el saquito.

–¿El saco gris?

Roberto no puede creer lo que acaba de escuchar. No puede entender que ese saco pertenezca a alguien.

–Sí. Me bajo en próxima estación.

–¿Pero cómo, caballero, acaso ya estamos llegando a Colegiales?

Ahora la que pregunta es Mariela. A ella, en cambio, lo que no le termina de entrar en la cabeza es que el viaje haya podido transcurrir con tanta rapidez.

–Sí, señora. Y lo siento mucho. De verdad. Ha sido un placer enorme, para mí, compartir el trayecto con gente tan agradable como ustedes. Pero, ya ve, lo bueno parece que siempre termina demasiado pronto.

Así que.

Vueltos cruelmente a la realidad, los descreídos miembros de la pareja tienen que poner todo su empeño en que la despedida del saco gris se demore todo lo que sea posible. En conseguir una salida medianamente elegante a la grosera manera en que sus cuerpos se han ido estrechando con el veloz paso de los kilómetros.

–Una lástima tener que bajarse sin haber culminado con sus importantes investigaciones.

Comenta la mujer con el único objetivo de ganar algo de tiempo, de que Narciso se olvide al menos por un rato del saco que esconde la retirada de pierna izquierda femenina más sutil que hayan visto jamás los oscuros ojos de Roberto.

–Es verdad.

Contesta escuetamente el hombre al que va dirigido el comentario y la mujer, que de ninguna manera está preparada para tanta concisión de pensamientos por parte del otrora verborrágico investigador, pierde bastante de la sutilidad que ha provocado la fervorosa admiración del señor que, justo en ese momento, está tratando de: subir un cierre a los manotazos, clausurar el botón de un pantalón a rayas finitas, buscar las puntas perdidas del cinturón, y, finalmente, lograr meter una de las puntas recién encontradas de ese cinturón dentro de una hebilla plateada.

–Una lástima.

Insiste la señora porque aunque ella ya ha conseguido apoyar el pie izquierdo en el piso plástico del tren, supone que el bueno de Roberto no ha logrado, todavía, ni siquiera encontrar el botón de su hermoso pantalón a rayas finitas.

Y entonces, cuando ya es perfectamente innecesario, el investigador se desbarranca en explicaciones: que de verdad es una lástima separarse tan pronto de amigos tan entrañables, pero que el deber es el deber y el deber siempre está antes que cualquier placer, que lamenta si pudo, con alguna de sus hipótesis, provocar el llanto de personas tan generosas, que le hubiera gustado ahondar un poco más en lo acontecido con el vendedor ambulante, pero que, de todas maneras, él está convencido de que el muchacho que cayó del tren no debe haberse lastimado demasiado, que también lamenta la violenta manera en que se conocieron, que va a tratar de mejorar su estilo de introducción ventanillera, que.

–Está bien, Narciso, pero si no se apura creo que se va a quedar sin poder bajar.

Lo interrumpe Mariela al mismo tiempo que está terminando de doblar y de planchar con sus manos el saco gris más hermoso que haya doblado o haya planchado en los últimos años.

–Gracias.

–No. Por favor. Gracias a usted que nos lo prestó.

Y después vienen los besos y los abrazos y las promesas de volverse a encontrar cuanto antes y luego los segundos besos y los segundos abrazos y las segundas promesas de un encuentro próximo y:

–Chau, me bajo porque si no, no llego.

–Chau.

COLEGIALES

—CHAU.

Narciso agita uno de sus brazos desde el andén y, casi de inmediato, comienza a extrañarlos.

–Chau.

Le contestan el saludo agitando también los brazos desde el interior del tren porque también empiezan a extrañarlo. Sobre todo Mariela y Roberto empiezan a extrañar la agradable compañía del saco gris que se quedó en el andén. Un saco lleno de recuerdos apasionados que quizás nunca más volverán a ver.

–¿Un amigo?

Pregunta, como al descuido, la delgada mujer que acaba de sentarse en el asiento que apenas hace unos instantes ha dejado vacante el vigilador bancario y vespertino acomodador de coches.

–Un gran amigo.

Roberto prefiere dejar bien en claro la relación que los une desde un principio. Para que no quede ninguna duda flotando en el ambiente. El hombre sabe que si quedan dudas flotando en el ambiente, posteriormente pueden producirse odiosos malentendidos.

–Un señor muy generoso.

Agrega Mariela porque, en el fondo, todavía no ha podido dejar de pensar en el entrañable saco gris que Narciso con tanta amabilidad les prestó.

–Así es la vida.

Es lo único que se le ocurre decir a la recién llegada. Y lo dice porque quizás no encuentra una manera mejor de concluir de una buena vez con una conversación que se ha disparado bastante más lejos de lo que ella había imaginado que podía dispararse la conversación en el momento en el que se le ocurrió preguntar, como al descuido, si ese señor, que saludaba agitando su brazo desde el andén, era un amigo.

Pero no.

La conversación no termina con su estéril comentario.

Ocurre todo lo contrario.

La conversación parece que apenas está en sus inicios y que lo que la delgada mujer suponía era un comentario estéril y, por lo tanto, concluyente, posee algo así como una incontrolable capacidad de engendrar palabras.

Washington, por ejemplo, reflexiona en voz alta, aunque con humildad, que él no es nadie como para atreverse a proclamar, así porque sí, lo que es la vida, que por favor, desde luego que no, que lo que quiere decir es que no es un experto o, en el mejor de los casos, es tan experto en la materia de la vida como lo es cualquier otro ser viviente del universo, pero que, la verdad sea dicha, lo ha impactado fuertemente la increíble capacidad que ha demostrado la delgada mujer, que hace apenas unos minutos se ha integrado al grupo, para resumir en cuatro palabras lo que es la vida, y que, tan exacta síntesis femenina, en una materia tan complicada como la vida, lo entusiasma sobremanera.

–Muchas gracias. Es usted muy atento para con mis comentarios, caballero.

Agradece entusiasmada la mujer. Sin aclarar, aunque es cierto que quizás en parte la culpa de su falta de claridad se deba a la profunda emoción que la embarga después de haber escuchado las sesudas reflexiones del uruguayo, que ignora por completo lo que quiso decir cuando hace apenas un rato dijo lo que dijo.

–¿Usted se refiere, Washington, a que la vida no es otra cosa que una sucesión aparentemente infinita de despedidas?

–Exacto.

Roberto, en cambio, no está tan seguro.

Entiende perfectamente lo de las despedidas pero piensa, y se toma el trabajo de explicar a los demás la inseguridad de sus pensamientos, que la vida es muy diversa, o que, por lo menos, son muy diversas las intensidades con las que se vive una vida. Que a él, por lo general, las despedidas le quitan las cosas o las personas que más quiere y que a pesar de tantas sustracciones como las que ha ido sufriendo con el correr de los kilómetros y de los años, no cree que eso pueda representar una acabada síntesis de la vida, que, como mucho, eso sólo puede representar un interesante análisis del dolor humano. Que, a su modesto entender, la vida no es nada más que una constante acumulación de dolores, que también pasan algunas cosas buenas en la vida.

–Quizás tenga usted razón y mi reflexión haya sido demasiado precipitada.

El uruguayo parece haber cambiado tímidamente de parecer. Pero Mariela, sin ninguna vergüenza, es bastante más terminante:

–No lo parece, querido Washington, tiene razón Roberto, nomás.

–¿Entonces?

Ahora la que pregunta no es otra que la desorientada

mujer delgada que está sentada justo enfrente de las cambiantes opiniones orientales.

–Entonces, señora, creo que la pata que le falta a su silla de la vida, o a la simpática interpretación que hizo de ella nuestro buen amigo uruguayo, es la pata de la ilusión humana.

Le explica Mariela y la mujer cree que empieza a entender de qué va el asunto:

–Creo que empiezo a entender de qué va el asunto, señora. Usted sugiere que la vida no es sólo despedirse continuamente sino que la vida también tiene mucho de ilusionarse humanamente con volver a encontrar aquello que hemos despedido.

–Así es.

Acepta con gusto, Mariela, la nueva síntesis que acaba de exponer la recién llegada.

–La vida.

Lo dice y enseguida se ríe y aplaude y mira a las dos señoras y luego a Roberto y se sigue riendo mientras repite su ocurrencia, Washington, aquel que fuera promotor de una conversación que parece terminar, a partir de su ocurrencia, exactamente de la misma manera en la que comenzó.

Los demás también se ríen.

Incluso Roberto hace un supremo esfuerzo e instala en su cara una mueca que se asemeja en mucho a una sonrisa. Y eso ocurre muy a pesar de que no se siente del todo bien.

Al hombre ya no le alcanza con rozar, cada tanto, las cariñosas rodillas de la mujer.

No.

El hombre se vuelve a sentir solo en el mundo y sabe

perfectamente que, en el calamitoso estado de ánimo en el que se encuentra, le resultará casi imposible no contagiarse la primera de las enfermedades que ande dando vueltas por los alrededores de su soledad.

Tampoco se ilusiona.

Extraña demasiado el saco gris que se llevó para siempre el vigilador bancario. Esa prenda que, si bien no era un poncho ni una manta, le permitía, por lo menos, tener mucho más cerca que ahora al áspero pie izquierdo de Mariela.

La mujer también extraña la cercanía del cuerpo del hombre. Pero no se siente mal. Ni tampoco se siente otra vez sola y perdida en el mundo.

Está tranquila.

Humanamente ilusionada con el futuro del viaje.

–¿Cómo se llama?

–Mirtha Noemí.

–Bonito nombre. Me gusta.

El uruguayo escucha lo bonito que es el nombre de la mujer delgada que viaja enfrente de él y toma rápida conciencia de que le va a costar muchísimo despedirse de ella.

Un montón.

Pero el tren está frenando.

Y si el tren ya está frenando y la mujer no ha iniciado todavía ningún movimiento en dirección a la puerta de salida, eso quiere decir que al menos tiene una estación más de tiempo para disfrutar de su amable compañía.

Eso quiere decir que, con un poco de suerte, quizás Mirtha Noemí viaje como él también hasta Retiro y entonces, además de poder terminar el trayecto juntos, tal vez hasta lo deje acompañarla unas cuadras hasta la parada de algún colectivo, o, aunque más no sea, le permita acompañarla por las escaleras hasta los mismísimos molinetes del subterráneo.

Y como Washington no es un hombre de esos que andan por la vida sufriendo si es que pueden evitarlo, le pregunta a quemarropa, nomás:

–¿Usted viaja hasta Retiro, Mirtha Noemí?

–Sí.

Y ya está.

No sufre más.

EL MUCHACHO SE MUEVE con llamativa facilidad.

Es muy habilidoso.

Maneja la silla de ruedas ayudándose apenas con su musculoso brazo derecho, mientras con el izquierdo, que es mucho más flaco que el otro, se las arregla perfectamente para repartir con soltura unas lindas estampitas del Sagrado Corazón de Jesús.

Un verdadero talento, el muchacho.

Un talento que Mariela no puede dejar de apoyar, en la medida de sus posibilidades, con unas cuantas monedas.

–Gracias, señora Mariela, que Dios la bendiga esta mañana al igual que lo hace cada una de las mañanas de su hermosa vida.

–¿Cómo está su hijo?

–Ahí anda, como siempre.

–Tenga fe, Ramiro, Dios lo va a ayudar.

–Gracias otra vez, señora.

Se despide el talentoso muchacho un segundo antes de darse la vuelta e internarse por el pasillo con una espectacular maniobra en la que, muy a pesar del amontonamiento humano, no alcanza siquiera a rozar a alguno de los muchos pasajeros que se encuentran allí parados.

Mariela se queda sola.

Y como Mariela no quiere que la soledad le obligue a pensar en el extraño motivo que pueda tener alguien tan inmensamente bueno como Dios para tardar tanto tiempo en ayudar al pobre Ramiro ni, mucho menos, quiere volver a pensar en la falta que le hace el saco gris que se llevó para siempre el investigador bancario, decide distraerse un poco. Pero, la verdad, no le queda demasiado para elegir: como prefiere no mirar a Roberto porque teme que los recuerdos la traicionen ni tampoco desea fijarse en Washington porque para hacerlo necesitaría girar demasiado la cabeza y no tiene ganas de girar demasiado la cabeza, entonces detiene sus ojos distraídos en la delgada mujer que hace apenas unos minutos ha dicho llamarse Mirtha Noemí.

Lo hace justo en el momento en el que la delgada mujer abre su cartera y mueve, utilizando solamente dos de sus finos dedos, algo adentro de la misma para después dedicarse a observar cómo es que se mueven sus dedos o, sino, para dedicarse a observar atentamente aquello que está moviendo dentro de la cartera con la ayuda de dos de sus finos dedos.

Y a Mariela le parece que está bien que la mujer haga lo que hace.

Le parece bien porque es su cartera y porque son sus dedos y porque, seguramente, también debe ser suyo eso que con tanta insistencia está moviendo con sus dedos dentro de la cartera.

Pero claro, como no quiere mirar hacia ninguna otra parte y a los pocos segundos de haber cerrado la cartera, la delgada mujer vuelve a abrirla y vuelve a introducir dos de sus finos dedos dentro de ella y después empieza a moverlos nuevamente, ya no le parece que lo que antes estaba bien ahora esté tan bien.

No.

A Mariela ahora no le parece que esté nada bien que la mujer haga lo que hace.

Entonces:

–¿Perdió algo?

–No. No perdí nada.

–Me pareció.

Mirtha Noemí cierra la cartera y la vuelve a apoyar con cuidado encima de su pollera, debajo de sus manos, dispuesta a no abrirla. O, por lo menos, dispuesta a no abrirla hasta el preciso instante en que esa gorda entrometida la deje de mirar.

Pero, como pasan los segundos y la gorda entrometida no deja de mirarla, Mirtha Noemí, que está cada vez más nerviosa y debe hacer cuantiosos esfuerzos para no abrir la cartera y hurgar en su interior y, por otra parte, nunca fue una mujer demasiado amiga de los grandes esfuerzos, decide no esforzarse más y expulsar sus nervios hacia la causante de todos sus malestares.

–Quizás le parezca que me meto donde no debo meterme. Si es así, por favor, le pido mil disculpas. La verdad es que casi ni la conozco. Pero de todos modos, lo que me gustaría decirle es que, aún a sabiendas de que la conozco de manera tan escasa, me parece que además de ser excesivamente observadora, usted tiene un problema evidente de gordura, señora, y quizás, no sé, ambas cuestiones estén íntimamente relacionadas.

El comentario cae en el vecindario como un río tormentoso de agua fría, casi helada.

Washington se acomoda en su asiento a pesar de que ya lleva varias estaciones perfectamente acomodado y Roberto parece haberse despertado de pronto de un sueño repleto de pies y de sacos grises y de tetas enormes.

Mariela, sin embargo, no muestra ninguna alteración

en su semblante. Sigue observando en perfecto silencio a la mujer. Sabe que el silencio más su observación no pueden sino producir, a la larga o a la corta, los efectos que ella espera.

Y los produce, nomás.

Finalmente, la mujer vuelve a abrir su cartera, vuelve a introducir dos de sus finos dedos y empieza a hurgar dentro de ella con una desesperación todavía mayor a la desesperación con que había desarrollado la misma tarea en las oportunidades anteriores.

Entonces sí.

Mariela aprovecha.

Le contesta que le parece que no está nada bien andar metiéndose en las cosas en las que no está nada bien andar metiéndose y que en esos casos no alcanzan las disculpas aunque sean mil o sean un millón, que ella piensa que de los asuntos que uno no conoce es mucho mejor no decir nada porque es bastante más probable que uno se equivoque a que uno acierte. Que, a su humilde saber y entender, observar no es malo, que el observar con atención permite, entre otras muchas cosas, conocer y a partir del conocimiento no equivocarse tanto cuando uno da una opinión. Que es verdad, que lo reconoce y que está por completo de acuerdo con ella en el hecho de que la gordura es un problema, pero que, desde luego, y si no lo toma a mal, le parece que la gordura no es el único problema de la humanidad, que hay otros, que sin ir más lejos ella cree que también puede ser un problema el abrir continuamente la cartera y después meter dos dedos y andar revolviéndolos o revolviendo algo con cierta desesperación allí adentro. Aunque, de todas maneras, y muy a pesar de que lo intuye, ella no está por completo segura de que esas histéricas actividades estén íntimamente relacionadas con el problema de la excesiva flacura femenina.

Roberto resuelve mirar hacia afuera.

Washington, en cambio, no resuelve nada y como no resuelve nada sólo atina a seguir acomodándose en su asiento.

Entonces Mirtha Noemí abre nuevamente la cartera y hace todo lo que acostumbra a hacer dentro de ella. Después la cierra, la vuelve a apoyar sobre su pollera y espera, sin sacarle los ojos de encima, a que Washington deje de moverse como un loco sobre su asiento y se anime por fin a tomar alguna decisión.

Pero las decisiones uruguayas no son fáciles. Llevan su tiempo. Y el tren se está deteniendo.

Entonces:

–El tren se está deteniendo.

Dice Washington para sacarse de encima la presión ocular de la delgada mujer que viaja enfrente de él. O, sencillamente, lo dice para tomarse un recreo y posponer una decisión impostergable que no se anima a tomar por temor a equivocarse.

3 DE FEBRERO

—CREO QUE EL TREN SE DETUVO y ya volvió a partir, caballero.

Mirtha Noemí se toma el trabajo de recordarle explícitamente, a su todavía indeciso vecino de enfrente, el vertiginoso transcurrir del tiempo. Y su vecino de enfrente debe reconocer con cierta angustia que el recreo se ha terminado y que, aunque todavía no ha decidido nada, ha llegado finalmente la hora en la que exponer públicamente algo parecido a una decisión.

Así que.

Mira primero a la delgada mujer que lo está obligando a pronunciarse desde hace un buen rato, después mira cómo Roberto sigue mirando hacia afuera a través de la ventanilla y enseguida detiene sus ojos en Mariela, respira con fuerza, y comienza a explicarle que, según su modesto parecer, todos los seres humanos tenemos problemas desde el momento mismo en el cual nacemos, y que como todos los seres humanos tenemos problemas desde siempre, a él le parece que sería mucho mejor para los seres humanos no andar inventando problemas nuevos en cada viaje que hacemos a Retiro. Que le agradece de todo corazón que ella lo haya ayudado tanto en el pasado, que nunca, jamás, se va a olvidar del gesto que tuvo al comprar dos frascos de la crema boliviana y no solamente uno como le insinuaba aquel vendedor que después tuvo tanta mala suerte en la vida. Que quizás su extraordinario estado de salud actual se deba, en gran medida, a la increíble capacidad de observación que ella posee y que le permitió, en el pasado del viaje, darse cuenta muy rápidamente de que ese medicamento de grasa de víboras podía servir para sanar los fuertes mareos y las incontenibles ganas de vomitar, pero que, así como a él lo supo ayudar esa capacidad de observación tan especial, él entiende que a personas sanas o menos enfermas, esa misma y tan especial capacidad de observación les pueda incomodar y hasta molestar, que seguramente ése es el caso de Mirtha Noemí, una mujer a todas luces maravillosa a la cual, por lo menos eso es lo que él cree, no se la puede acusar de ninguna otra cosa que no sea la de ser extremadamente cuidadosa con sus pertenencias.

–No puedo creerlo.

Roberto no lo puede creer.

Ni tampoco puede entender que un amigo como Washington, ya que él lo consideraba de esa manera hasta el preciso momento en el que escuchó las palabras que acaba de escuchar de su propia boca, haya dicho las cosas que dijo sin importarle en lo más mínimo el enorme daño que podía causarle al generoso corazón de Mariela.

–¿Perdón?

El uruguayo no alcanza a comprender qué es lo que Roberto no puede creer.

Entonces, Roberto, no tiene más remedio que explicarse:

–Digo que no puedo creer que usted, una persona a la que yo, desde luego que erróneamente, consideraba mi mejor amigo, me pague con la moneda con la que me está pagando.

–Disculpe, Roberto, pero sigo sin comprender lo que usted no puede creer.

–Lo que no puedo creer, señor, es que sea usted tan sinvergüenza.

–Si me permite, me parece que debo aclararle por lo menos un par de cuestiones. La primera, por supuesto, es que no soy ningún sinvergüenza. La segunda, caballero, es que el que no puede creer lo que está ocurriendo soy yo. No puedo creer que una persona tan enamorada como usted, querido Roberto, tarde tanto tiempo en descubrir el amor que sienten aquellos que para usted, según ha dicho, son sus mejores amigos.

Se enoja Washington.

Y, si cabe la posibilidad, se enoja todavía más Mirtha Noemí, que ya estaba bastante enojada. Por eso es que se levanta de su asiento y le pide, al hombre que se ha decidido finalmente por ella, que la acompañe por el pasillo, que caminando hacia el primer vagón estarán mucho más cerca de la salida cuando lleguen a Retiro, y que tiene razón, que no vale la pena sumar un nuevo problema a los muchos que nos acompañan a los seres humanos desde el momento mismo en el que nacemos, que así estarán mejor las cosas, que le agradece que, aunque haya tardado tanto, finalmente se haya decidido por ella y no por sus gordos amigos.

Y el uruguayo se va con la mujer por el pasillo.

Se va pensando en que tomó una decisión y que cuando se toma una decisión se toma una decisión. Que ya está y que es mejor no reflexionar acerca de los aciertos o de los desaciertos que puede generar una simple decisión humana.

Se va soñando con el placer que tendrá al acompañar a Mirtha Noemí hasta la parada de algún colectivo o, en su defecto, hasta el molinete del subterráneo.

Se va sin despedirse.

Por eso es que Mariela ahora está llorando.

Y Roberto, que está absolutamente molesto con la increíble decisión que acaba de tomar el que fuera hasta hace un rato su mejor amigo, pero que no tiene ganas de llorar o no puede hacerlo porque el fastidio no se lo permite, sólo atina a darle a la mujer un montón de pequeños besos en una de sus mejillas. Pequeños besos que son como saltos que lo llevan desde esa mejilla hasta una de las orejas y luego hasta la frente y hasta la otra oreja y hasta la otra mejilla y hasta el cuello y, casi sin proponérselo, hasta las mismísimas y gigantes tetas de su amada.

La gente pasa por el pasillo en dirección al primer vagón.

Pasa preocupada. Distante. Sin darse cuenta del infinito amor que impregna de pequeños besos la mañana.

Y Mariela no llora más.

Tampoco extraña el saco gris de Narciso ni se acuerda siquiera de la mujer delgada que se las ingenió para separarlos de Washington.

Mariela sólo tiene espacio para sentir muy adentro el calor de los besos del hombre.

Roberto, en cambio, no piensa en nada.

Roberto es una máquina que sólo sabe producir pequeños besos saltarines.

Y el tren llega a destino.

RETIRO

DESCIENDEN, TOMADOS DE la mano, cuando ya no queda nadie en el vagón. Ni en el tren.

Sin hablar.

En parte porque les resulta muy difícil poder decir algo después de tantos besos y en parte porque cada uno de ellos está profundamente inmerso en su propio mundo, algo que, si se lo mira bien, quizás también tenga mucho que ver con la cantidad y la calidad de los besos que han sabido prodigarse.

Roberto no entiende por qué razón, para él y muy a pesar de las cuantiosas evidencias en contrario, Buenos Aires empieza en Retiro. Inexplicablemente siente que llega a la ciudad recién cuando el tren se detiene en el enorme galpón de la terminal. Es una sensación nada más. Algo imposible de explicar. Cuando pasa por encima de la General Paz no siente nada o siente otras cosas pero no vive el cruce de esa ancha avenida como una entrada en la ciudad. No. Y el que esté sintiendo que llega a Buenos Aires y que, además, esa sensación es por completo inexplicable, es lo que le impide poder explicarse. Lo que, además del recuerdo de los besos, le imposibilita hablar. Lo que lo hace seguir perfectamente encerrado dentro de sí mismo.

Mariela, en cambio, no puede hablar porque no para de pensar en el futuro de esas dos manos, una de las cuales es de su propiedad, que van entrelazadas hacia la salida del andén número seis. Sabe que el hombre propone y que Dios dispone y no alcanza a descubrir con nitidez cuál es su lugar dentro de la ecuación. Se confunde mucho más, todavía, cuando toma conciencia de que el hombre que la lleva entrelazada de la mano aún no le ha propuesto nada y, entonces, se le ocurre pensar que si el hombre no le propone nada, muy difícilmente Dios pueda llegar a disponer algo. Pero bueno, la mujer intuye, dentro de su confusión y con alguna dosis de saludable optimismo, que todavía queda algún tiempo para las proposiciones y para las disposiciones, que llegado el caso y a la divina hora de disponer, Dios bien puede considerar que, bajo ciertas y determinadas circunstancias, el hecho de que una mano masculina entrelace con tanta fuerza a una mano femenina supone algo sumamente parecido a una proposición humana.

Un señor que está apoyado contra unas rejas al final del andén les pide los boletos obligando a Roberto, con el pedido, a tener que buscar con su mano izquierda dentro del bolsillo izquierdo y obligando a Mariela a abrir trabajosamente la cartera con su mano derecha mientras cuida que no se le resbale desde el hombro en dirección al suelo.

Pero no lo consigue.

La cartera se resbala y cae al piso.

Lamentablemente, entonces, a la pareja no le queda otra opción que la de desatar el nudo que han construido sus manos y volver al afuera del mundo: a la cartera y al bolsillo derecho, a los boletos, al señor que está apoyado sobre unas rejas y a la terminal Retiro del Ferrocarril General Bartolomé Mitre.

Por eso.

Sin sus manos apretadas no pueden sino mirarse y darse cuenta de que ya está, de que ya han bajado del tren y de que ya han salido del andén número seis. Darse cuenta de que, para poder volver a entrelazar con fuerza sus manos, primero alguno de los dos deberá animarse a hacer una proposición cualquiera para que después el otro pueda aceptarla.

Así que.

Mariela le propone a Roberto ir a visitar la fragata Libertad que está anclada por ahí cerca, que ella la vio el otro día cuando iba en colectivo por la avenida Leandro Alem, que es muy bonita, muy parecida a la que viene dibujada en las cajas de fósforos, que sabe que le va a gustar.

El hombre acepta y después se toma algún tiempo para explicarle a la mujer que, aunque nunca antes fue a ver la fragata, él conoce el camino para llegar hasta ahí, que no es muy lejos, que si le permite él cree que puede guiarla con éxito hasta allí, y que, por favor, si ella está de acuerdo en que él sea el guía de la expedición que van a emprender, a él le encantaría poder llevarla de la mano.

Mariela no contesta si está de acuerdo.

No.

Se limita a entregarle la mano al hombre que tan dulcemente se la ha pedido y a sonreírle con toda la cara. O con todo el cuerpo, si es que tal sonrisa es posible.

Y entonces ocurre que, apenas estrecharse las extremidades superiores, cada uno vuelve de inmediato a su mundo interior.

El hombre regresa a sus graves reflexiones acerca de la inexplicable sensación de hallarse en Buenos Aires recién cuando divisa el enorme galpón de Retiro. Pero no se detiene ahí. No. Ahora se atreve a ir bastante más lejos. Estima, con bastante criterio, que quizás no sea una casualidad que los marineros siempre elijan estacionar la fragata cerca del enorme galpón de la terminal y no en otro lado a pesar de los varios kilómetros de costa que posee la ciudad. Aunque, a partir de esa primordial y criteriosa suposición, las reflexiones se complican, el hombre empieza a ilusionarse con que quizás lo que él sienta no sea solamente un sentimiento individual inexplicable sino, tal vez, un inexplicable sentimiento colectivo o, en definitiva, y a esta altura ya sin ningún criterio, que quizás se trate, sencillamente, de que él desde siempre haya querido ser marinero y nunca se haya dado cuenta de que siempre lo ha querido ser.

La clausura de la mujer tiene motivos muy diferentes. Al principio quizás se haya debido a la emoción que le causaba volver a estrechar una mano tan querida. Pero luego no. Luego vino la preocupación por el cansancio que le podía llegar a producir una caminata de tamaña extensión, una extensión a la que no está acostumbrada. E, inmediatamente después de la preocupación por el posible futuro cansancio que con seguridad le iba a producir la extensión de la caminata, le ocurrió, muy cerca de la torre de los ingleses, el cansancio propiamente dicho y el cansancio propiamente dicho dio origen a la femenina inquietud de cómo hacer para pedirle al hombre que con tanta energía la conducía de la mano hasta la fragata Libertad, que se detuviera un rato, que por favor se sentaran en algún banco o en el pasto de plaza si no encontraban un banco libre de ocupantes, que descansaran tan sólo unos minutos, que con eso alcanzaría, que etcéteras y etcéteras.

–¿Nos sentamos un rato?

Le pide Roberto y ella le contesta que si él quiere que

bueno, que en ese banco que está vacío, que no importa que ahí les dé el sol, que el sol es muy bueno para la salud, que ella no se cree la historia de que el agujero de ozono produzca todas esas cosas horribles que dicen que produce, que el sol da vida y que aunque es cierto que aquello que da vida es, por lo general, también aquello que puede quitarla, ella está convencida de que el sol no nos quiere hacer ningún daño ni tampoco necesita vendernos nada, y que, lamentablemente, no puede decir lo mismo de las compañías que se dedican a manufacturar, con tanta insistencia, cremas protectoras solares.

Se sientan en el banco libre tomados de la mano y eso quiere decir más silencio y más profundidad introspectiva.

Eso quiere decir que el hombre ya está convencido de que en realidad él siempre quiso ser marinero, que desde chico, y que si no lo pudo ser es por culpa de nacer tan lejos del mar y no ver ningún barco hasta que ya fue demasiado mayor como para embarcarse o que, quizás, la causa de no haber podido seguir adelante con su infantil vocación marítima haya provenido del escaso entusiasmo o la falta de estímulos por parte de sus familiares más cercanos, familiares que solamente parecían estar atentos al lento transcurrir de los sembrados pampeanos. Por último, sus elucubraciones resuelven que, en el supuesto caso de que ninguno de los anteriores argumentos sea el verdadero causante de su frustración vocacional, la culpa la tienen, indudablemente, sus innumerables y eternos problemas de salud.

La mujer se encierra porque está cansada y porque sospecha, mientras se recupera del cansancio, que el hombre está pensando en ella pero le cuesta mucho expresarse y que, como está pensando en ella pero le cuesta tanto expresarse, hay que darle tiempo para que pueda expresar todo lo que está pensando acerca de ella.

–¿Seguimos?

Propone Roberto y Mariela acepta porque ya se recuperó y porque evidentemente el hombre necesita caminar un poco más para poder animarse a expresarle todo lo que ha estado pensando acerca de ella y porque el sol pega muy fuerte y está empezando a transpirar y prefiere que el hombre no descubra, todavía, esa facilidad tan suya de convertir el calor en olorosos chorros de agua.

Cruzan una avenida y después otra.

También cruzan unas vías.

Mariela no da más y como no da más, esta vez no se toma demasiado tiempo para pensar en la manera de comunicarle su profundo agotamiento al hombre. Se lo comunica, nomás:

–¿Nos sentamos ahí?

–¿Ahí en el pasto?

–Sí, ahí en el pasto.

–Bueno.

Y aunque Mariela no eligió el lugar por ninguna otra razón que no fuese su propio cansancio, apenas se sientan no puede sino reconocer que el lugar es maravilloso. Los pastos están altos, muy altos, a sus espaldas hay una suerte de doble enrejado cubierto con enredaderas que los separa de los automóviles que pasan incesantemente por la avenida y por delante tienen estacionado un tren carguero que completa el aislamiento casi absoluto del sitio que eligió, sin querer, su propio cansancio.

–Mire.

Le pide Roberto y Mariela le corresponde el pedido levantando los ojos en la dirección que le señala el dedo índice de la mano libre del hombre.

–Los mástiles de la fragata.

–Sí. Los mástiles de la fragata.

–¡Qué hermosa, la fragata! Igualita a la que viene dibujada en las cajas de fósforos.

–Hermosa. Y créame que de noche es todavía más linda. Le encienden un montón de lamparitas que van desde la proa hasta la popa pasando por los tres mástiles. Y en el vértice de cada mástil, encima, las lamparitas son rojas.

–¡Qué hermosa!

–Verdaderamente hermosa.

Dice el hombre pensando en la fragata y en las lamparitas, pero pensando, también, en la inmensa mujer que está sentada a su lado.

FRAGATA LIBERTAD

—¡QUÉ HERMOSA!

Se repite el hombre.

Pero esta vez lo hace sin dejar ningún margen para la ambigüedad. Ahora se está refiriendo a ella, a la mujer, no a los barcos estacionados por ahí ni a las lamparitas que les encienden durante la noche a los mástiles de los barcos estacionados por ahí.

Además, y para no dejar lugar a la más mínima duda, acompaña la exclamación observando fijamente a la mujer. Repitiendo con los ojos, redundantemente, lo unívoco de sus dichos.

La fragata sigue anclada muy cerca de allí.

O muy lejos.

Depende de cómo se lo mire.

Entonces, como la fragata sigue anclada muy cerca o muy lejos de allí, la mujer decide recostarse e invita con un gesto al hombre que la mira fijamente a que también lo haga. Después, cuando el hombre ha aceptado ya su invitación y se ha recostado a su lado, la mujer aparta su mano lentamente del lazo que ha construido con la mano de él, se pone de costado, y levanta la cabeza con la ayuda de un codo que apoya en el suelo y de un puño cerrado para sostenerla. Con el dedo índice y el dedo medio de la otra mano le cierra los párpados y luego se entretiene haciéndole cosquillas en la oreja y en el cuello y en las axilas y en el pecho y en el ombligo.

Pero cuando llega al cinturón no quiere hacer más cosquillas.

No.

Quiere abrirlo, nada más.

Entonces lo abre y luego también desabotona el pantalón a rayas finitas y enseguida se las arregla para bajar el cierre del pantalón hasta donde puede.

El hombre se estremece apenas siente los dedos de la mujer acariciando su sexo.

Pero no dice nada.

Y como no dice nada, la mujer no se entera de que se ha estremecido. Aunque, quizás, mucho más correcto sería decir que la mujer no se entera de que el hombre se ha estremecido nuevamente porque, en realidad, la mujer sabe que desde que le cerró lentamente los párpados con la ayuda de su dedo índice y de su dedo medio, el hombre no ha hecho otra cosa que vivir en una especie de permanente estremecimiento corporal.

Mientras tanto los pastos siguen creciendo, los autos siguen pasando a gran velocidad detrás de los dos enrejados repletos de enredaderas y el tren carguero sigue estacionado justo delante de ellos.

Por eso.

La mujer no espera más.

Levanta su pollera hasta la cintura y se monta encima del miembro erguido del hombre descorriendo apenas lo necesario de su puntillosa bombacha blanca para un costado.

Y el hombre se vuelve loco.

Literalmente.

Quiere palpar con las manos aquello que antes sólo pudo tocar malamente con los dedos de los pies. Manotea con torpeza la camisa azul marino y la mujer no puede sino ayudarlo haciendo un rápido movimiento, muy similar al rápido movimiento que antes había realizado en el tren, y que le permite al hombre llegar hasta lo que busca sin tener que luchar en vano y a los manotazos contra los invencibles alambres de un corpiño que parece vivir incrustado en las carnes blandas de la mujer.

–¡Qué tetas, señora!

–Muchas gracias, caballero.

Le agradece Mariela con algo de vergüenza mientras observa de reojo los mástiles de la fragata tratando de imaginarlos repletos de lucecitas encendidas.

Pero no puede imaginarlos.

–Me va a invitar a venir una noche de estas a ver los mástiles encendidos de la fragata.

–Lo que usted quiera, señora, lo que usted quiera.

Promete un hombre que, a pesar de sus denodados esfuerzos, no logra arribar con sus labios hasta las enormes tetas que con desesperación animal amasan sus manos. Quiere besarlas y babosearlas y chuparlas y morderlas pero las tetas le quedan irremediablemente lejos de su boca y de su baba y de su lengua y de sus dientes. Por eso es que le pide que se acerque un poco, nada más que un poco, por favor, Mariela, y le explica con medias palabras que si ella no se acerca un poco él se va a morir de las ganas allí mismo, que así, que un poco más, sí, así, muy bien, que otro poquito más, sí, que ya casi las tengo, señora.

Finalmente las tiene.

Y, como finalmente las tiene, se da el gusto y las besa y las chupa y las babosea y las muerde hasta que no puede más y, en medio de una especie de agradable principio de asfixia amorosa, grita con el poco aire que le queda en los pulmones que la quiere, que la ama, que está loco de amor, que por favor no se vaya nunca de ahí arriba, que le jura que la va a traer una noche o todas las noches que ella quiera a ver los mástiles llenos de lamparitas encendidas, que le regala su cuerpo para que se quede a vivir encima de él, para siempre, que no aguanta más tanta felicidad.

–Yo tampoco.

Pero, muy a pesar de la inaguantable felicidad de los dos o precisamente por culpa de eso, la mujer debe separar sus tetas de la boca del hombre debido a que a su enorme cuerpo le resulta realmente imposible continuar por más tiempo cabalgando en esa posición. Entonces se retira con alguna dificultad del sexo del hombre y cae para un costado, con la cara de frente al sol.

El hombre no pierde el tiempo, de inmediato se trepa sobre la blanda humanidad de la mujer, aparta de un tirón su puntillosa bombacha blanca para un costado y se introduce, sin demasiados preámbulos y con todas las fuerzas que a esa altura de los acontecimientos puede reunir, nuevamente adentro de ella.

–Usted es un loco.

Se ríe ella a carcajadas mientras levanta un poco las rodillas para que al hombre le alcancen las pocas fuerzas que ha podido reunir cuando volvió a meterse adentro de ella. El hombre está otra vez feliz y ella disfruta con las increíbles muecas de felicidad que se dibujan en su cara.

–Usted es increíble.

Dice Roberto apenas unos segundos antes de que su cuerpo reciba una suerte de poderosa descarga eléctrica que lo desparrama en infinitas convulsiones sobre la paz corporal de la mujer.

Y después se quedan así, en silencio, uno sobre el otro, durante un buen rato.

O quizás durante horas.

Justo hasta el preciso momento en el que la mujer necesita repetirle por enésima vez que la fragata es hermosa.

–Igualita a las que vienen dibujadas en las cajas de fósforos.

–Sí. Igualita.

VUELTA

"realidad, una palabra que no significa nada
sin comillas"

Vladimir Nabokov

TORRE DE LOS INGLESES

CAMINAN, OTRA VEZ, tomados de la mano.

En silencio.

Dejando atrás las vías con sus alambrados repletos de enredaderas y luego una avenida y luego otra. Dejando atrás, también y quizás para siempre, una fragata muy parecida a las que vienen dibujadas en las cajas de fósforos.

Después se sientan en el primer banco libre que encuentran en la plaza, sin necesidad de que alguno de los dos deba proponerlo para que el otro pueda aceptarlo.

–Sabe, Mariela, me pasa algo muy extraño con Buenos Aires. Me pasa que siento que llego a la ciudad recién cuando veo el galpón de la terminal de trenes de Retiro. Cuando cruzo la General Paz no siento lo mismo. No siento nada, a decir verdad, cuando cruzo la General Paz. Nada.

Y a la mujer no se le ocurre nada interesante para comentar al respecto. En realidad, a la mujer jamás se le ocurrió imaginar, siquiera, que Buenos Aires pudiese constituir una ciudad distinta de José León Suárez y le da un poco de vergüenza reconocer públicamente un error tan evidente. Por eso es que prefiere mirar la torre que ocupa el centro de la plaza y, justamente por ese motivo, es decir por una mezcla de no tener ganas de reconocer públicamente sus evidentes equívocos geográficos más una mirada distraída hacia el centro de la plaza, es que se atreve a argumentar en voz alta, aunque es cierto que quizás lo haga con alguna precipitación, que esa torre tan linda que ocupa el centro de la plaza tal vez haya sido construida con la horrible finalidad de mantener, allá arriba, una guardia permanente cuya única misión fuera la de vigilar cada uno de los movimientos que realiza la gente que llega a la ciudad y que eso bien puede producir en los pasajeros que arriban a la terminal el efecto de sentirse observados llegando a la ciudad, aunque, desde luego, a la torre no se la utilice o no se la haya utilizado nunca con el asqueroso fin para el cual fue construida. Que, además, ella está absolutamente convencida de que el mundo está lleno de cosas muy lindas que han tenido un origen de lo más feo o viceversa.

–Pero yo no veo la torre cuando estoy llegando, señora. Solamente veo el galpón.

–Entonces, está claro que no es por la torre que usted siente lo que siente.

La mujer acepta con humildad que su hipótesis no es válida, que el hombre siente eso que siente sólo cuando ve el galpón y que la torre no tiene nada que ver con sus sentimientos de recién llegado porque él no alcanza a verla en ese momento. Que definitivamente la solución no pasa por ahí, que la solución habría que buscarla en otro lado y que ella ignora por completo en qué lado es que habría que buscar esa solución.

Pero, casi enseguida y de manera involuntaria, piensa en la enormidad de la terminal e intuye que la enormidad tiene que ver con que es una terminal y no una estación cualquiera y, otra vez sin meditarlo demasiado, se anima a sugerirle a la preocupación del hombre la nueva hipótesis que se le acaba de ocurrir:

–Debe ser la palabra.

–¿La palabra?

–Sí. La palabra.

–¿Qué palabra?

–Terminal.

–¿Terminal?

–Sí. Terminal.

El hombre busca en silencio alguna relación entre su sensación de estar llegando a Buenos Aires recién cuando ve el galpón de Retiro y la palabra "terminal" pero no le resulta nada sencillo encontrarla. Y como la mujer se da cuenta de que al hombre no le resulta nada sencillo encontrar esa relación, se toma el atrevimiento de explicársela. Le dice que la palabra "terminal" da cuenta, quizás hasta con alguna violencia, del término de algo, del final de un viaje, por ejemplo, y que si hay un final es porque hay un principio. Que el final del viaje alude casi explícitamente al principio de la ciudad, que a ella, modestamente, le parece que es por eso que él siente lo que siente cuando llega al galpón de Retiro, que aunque a ella no le ocurre, le parece que a la inmensa mayoría de la gente que arriba a la terminal le debe pasar lo mismo que le pasa a él.

El hombre debe reconocer para sus adentros que la nueva hipótesis que acaba de lanzar la mujer es bastante más creíble que la anterior. Pero, quizás por orgullo varonil, para sus afueras no lo reconoce, para sus afueras prefiere ser cauto y expresar sus dudas:

–No me parece que sea tan así eso de que siempre a un final de algo, sea este final violento o no violento, le corresponde ineludiblemente el principio de otra cosa.

Mariela, en cambio, no tiene dudas:

–A usted le pasa eso porque no es creyente, Roberto. Y, si me permite la franqueza, es una verdadera lástima que no lo sea.

De inmediato, el hombre comienza a sentir una profunda lástima de sí mismo. Entonces, como no desea que la lástima siga profundizándose, le propone a la mujer ir a sentarse en una de las escalinatas de la torre, en cualquiera de las escalinatas en donde haya un poco de sombra.

Pero, como caminan por primera vez desde que han bajado del tren sin tomarse de la mano, la mujer comienza a creer que la culpa de que las manos viajen separadas la tiene su desgraciada manera de transpirar y que, pese a los grandes esfuerzos que ha realizado, quizás el hombre ya ha tomado debida cuenta de su increíble facilidad para inventar, desde la inmensidad de su cuerpo, olorosos chorros de agua. Ignora por completo que la imprevista necesidad de sombra que le ha propuesto el hombre no se debe a ningún otro motivo que no sea a la profunda lástima que le ha provocado su franqueza.

–Acá se está mejor.

Dice Roberto con la esperanza de sentirse realmente un poco mejor al pronunciar esas palabras.

–Es verdad. En la sombra se transpira un poco menos que debajo del sol.

Comenta la mujer para darle al hombre la oportunidad de explayarse sobre el tema de una vez por todas si es que, efectivamente, está guardándose algún pensamiento respecto de su increíble capacidad de producir transpiración.

Pero, como el hombre no se anima a decir nada o no dice nada porque no tiene nada para decir, la mujer intenta ayudarlo con una pregunta:

–¿Se encuentra mal?

–No.

Contesta el hombre porque no se encuentra mal. En

realidad, sólo tiene lástima de sí mismo y no sabe cómo puede hacer para contarle a esa mujer tan franca, la profunda lástima que siente de sí mismo.

–¿Seguro?

Insiste, Mariela, porque no lo ve bien.

–Yo tendría que haber sido marinero, señora, y no lo fui. Soy un fracasado y eso me hace sentir una profunda lástima de mí mismo.

–Menos mal.

–¿Menos mal?

–Sí. Menos mal. Yo había pensado que usted estaba mal por culpa de mi olor a transpiración.

–Ah.

Pero la mujer no entiende muy bien lo que el hombre quiere expresarle con su "Ah". No sabe si eso quiere dar a entender que no se trata de su olor a transpiración o si, en cambio, la interjección masculina puede interpretarse como que, si bien el problema fundamental por el que está tan mal es su frustrada vocación marinera, no por eso puede ignorar que también le molesta, aunque de manera secundaria, su penetrante sudación. Por eso es que, medio enojada, la mujer le pide que vamos, por favor, que tengo mucho hambre y ahí hay un carrito que vende panchos, que ha hecho suficiente deporte por ese día y que ya se va haciendo hora de comer algo.

–Vamos.

Acepta Roberto sin tomar conciencia del enojo que ha sabido causarle a la mujer. El hombre parece solamente preocupado por el hecho de que Mariela, una mujer a la que aparentemente le interesan los problemas de todos los seres humanos que se cruzan por su camino, no se haya interesado en lo más mínimo por su frustración marinera ni por la profunda lástima que está sintiendo de sí mismo.

Después comen los panchos en silencio.

Pero está claro que este necesario silencio alimenticio no tiene nada que ver con el agradable silencio que mantenían cuando, tomados de la mano, cruzaban hace algún tiempo, la misma plaza exactamente en dirección contraria.

–Volvamos.

–Volvamos.

Pide la mujer y acepta el hombre.

Y aunque no agreguen adónde es que desean volver, los dos saben que se están refiriendo al tren y no a los pastos crecidos de detrás de los alambrados repletos de enredaderas.

Entonces cruzan la avenida y entran al majestuoso edificio de la terminal siendo perfectamente conscientes de que algo anda muy mal entre ellos.

Muy mal.

RETIRO

MUY MAL ENTRAN A LA TERMINAL y muy mal, también, suben al tren casi vacío que espera en el andén número siete.

Por eso es que no se sientan juntos sino uno enfrente del otro. Por eso y no porque se acuerden amorosamente del pasado de sus rodillas y pretendan darles una nueva oportunidad de repetir la fiesta de roces que tuvo lugar por la mañana.

Y el tren parte.

Entonces Mariela cuelga lentamente la cartera en el gancho correspondiente y luego se toma su tiempo para planchar con las manos la ajetreada camisa azul marino que lleva puesta. Roberto, en cambio, que no sabe planchar ni tiene una cartera que pueda colgar en algún gancho, no hace otra cosa que moverse sobre el asiento de un lado para el otro tratando con alguna desesperación de encontrar una posición que, además de acomodarle el cuerpo, también le sirva para hallar la manera de acomodar, aunque sea un poco nada más, la tirante relación que mantiene con la mujer, que ahora está planchándose con cuidado su pollera, desde aquel momento en la plaza en el que empezó a sentir tanta lástima de sí mismo.

Pero el hombre no encuentra ni una cosa ni la otra. Y como no encuentra ni una cosa ni la otra y no quiere seguir moviéndose con desesperación sobre el asiento, decide por fin arriesgarse:

–¿De verdad no le importa, señora, que a pesar de mi eterna vocación yo nunca haya podido ser marinero?

La mujer escucha la pregunta del hombre pero no la alcanza a comprender.

Y se lo dice:

–No lo comprendo.

Entonces, Roberto, que no entiende por qué razón la mujer no alcanza a comprender una pregunta tan sencilla, escupe en forma de palabras todo su enojo: que cómo puede ser que ella que aparentemente se interesa tanto por la vida de cada uno de los vendedores ambulantes que asoman la cabeza por los pasillos de los trenes argentinos, y que, a decir verdad, son muchos aunque a él en lo personal no le desagrade en lo más mínimo que sean tantos, no se interese ni por él y ni por sus problemas vocacionales, que cuando se atrevió después de un gran esfuerzo de sinceridad a referirle aquel desgraciado asunto de su frustración marinera ella se había limitado, simplemente, a contestarle que "menos mal que era eso nada más", como si eso fuera una tontería insignificante y los verdaderos problemas fuesen los de los otros. Que a él no le parece que sea así, que por el contrario a él le parece que cada persona es distinta y que si una persona siente una profunda lástima de sí mismo por culpa de que toda la vida quiso ser marinero y jamás lo pudo ser, eso es un problema si no mayor por lo menos equivalente al problema de cualquier vendedor ambulante que asoma la cabeza por los pasillos de un tren argentino, que, lamentablemente, está por cumplir sesenta y cuatro años y que sabe de sobra que nunca, ya, podrá embarcarse.

–¿Y?

–¿Y qué?

–¿Y qué tendrá que ver todo eso que usted está argumentando, digo yo, con el asqueroso hecho de haberme pedido sin el menor disimulo que fuéramos a sentarnos a la sombra, en una de las escalinatas de la torre de la plaza, porque ya no aguantaba más mi penetrante olor a transpiración?

–¿Yo?

–Sí, usted, el mismo que ahora se hace pasar por un pobre marinero incomprendido.

El hombre vuelve a moverse sobre su asiento de un lado para el otro reconociendo para sus adentros al menos un par de cosas. En primer lugar reconoce que le haría falta una cartera para poder colgarla lentamente del gancho correspondiente y, en segundo lugar, reconoce con un dejo de tristeza que lo ayudaría un montón, a esa altura de la álgida polémica que sostiene con la mujer, haberse tomado el trabajo de aprender a planchar con las manos cuando era unos años más joven.

Pero bueno, así son las cosas.

Y como las cosas son así y él se ha tomado su tiempo para hacer un exhaustivo reconocimiento y a partir de ese exhaustivo reconocimiento ha llegado a la inequívoca conclusión de que no tiene cartera ni sabe planchar, resuelve que no le queda otra alternativa que seguir adelante con la discusión:

–Yo, señora, no me hago pasar por ningún pobre marinero incomprendido. Le vuelvo a repetir, por las dudas de que antes no me haya escuchado del todo bien, que soy, apenas, un marinero frustrado.

–Está bien. Supongamos que le creo que usted es un pobre hombre de casi sesenta y cuatro años que nunca se embarcó, a pesar de sus muchos deseos, y que, evidentemente, hoy se da perfecta cuenta de que ya va a ser muy difícil hacerlo alguna vez. Hasta ahí puede que esté bien, que yo haga un esfuerzo y le crea. Pero entonces, y después de mi esfuerzo, qué me podría comentar usted acerca de su intempestiva necesidad de buscar una sombra, en las escalinatas de la torre de la plaza, que de alguna manera lo aliviara o lo salvara para siempre de mi inmundo olor a transpiración.

–Sobre eso creo que no le puedo decir nada, señora.

La señora lo escucha y se pone furiosa.

O, mejor dicho, se pone todavía más furiosa de lo que estaba antes de la nueva respuesta del hombre. Porque claro, qué bárbaro, entonces resulta que ella tiene que hacer un supremo esfuerzo y creerle, nomás, lo de su frustrada vocación marítima, pero el señor no, el señor no puede decir nada acerca de ninguna otra cosa que no sea su absoluta imposibilidad de hacerse a la mar, el señor puede ser perfectamente grosero exigiéndole un poco de sombra a una dama en una plaza pero después no quiere hacerse cargo de sus dichos. No. De ninguna manera. Que la disculpe pero que a ella le parece que se le va la mano, que pide demasiado y no quiere dar nada a cambio, que en verdad empieza a lamentar haberlo conocido, que para ella el egoísmo es el peor de todos los defectos humanos, el peor de todos.

–Si me disculpa, Mariela, creo que no alcanzó a entender mis últimos dichos. Y, si me apura, me animaría a afirmarle que tampoco me ha entendido antes o, en una de esas, quizás hasta no me haya entendido nunca.

La mujer, que sí tiene una cartera que cuelga del gancho respectivo y que además desde muy joven también sabe planchar con las manos, se toma algún tiempo para contestar que lo disculpa sólo si se explica convenientemente. Pero agrega que, así como le asegura que lo disculpará si logra explicarse con cierta corrección, así también le asegura que si no lo hace cabalmente, con toda seguridad lo que acaba de decirle, más lo que pueda agregar a continuación a modo de incompleta explicación, serán las últimas palabras que le habrá escuchado en lo que le resta de vida. Y eso porque, si se fija bien, él que anda fijándose tan bien y con tanto entusiasmo en el entendimiento de los demás para con sus dichos, si su próxima e inmediata argumentación no es del todo satisfactoria, sus recientes palabras no habrán sino añadido una nueva grosería a las repetidas groserías a las que ya la tiene acostumbrada.

Roberto, que hasta ahí había invertido su tiempo en reflexionar acerca de su frustración marítima y de su incapacidad para planchar con las manos y de su carencia de carteras, toma rápida conciencia de que la discusión ha ido a parar demasiado lejos y que sus palabras no funcionan en los oídos de la mujer en igual sentido en el que, durante el pasado, funcionaron sus rodillas para con las gordas rodillas de la dueña de esos oídos que ahora parecen molestarse tanto con sus palabras. Sabe que deberá ser convincente, pero, por desgracia, no tiene para nada claro cuál es la materia sobre la que deberá explicarse con tanta convicción.

Y como no lo tiene del todo claro y sabe que cuando abra la boca ya no la podrá cerrar hasta que la mujer lo ame nuevamente o hasta que la mujer se levante para siempre de su asiento, descuelgue lentamente la cartera del gancho correspondiente y desaparezca de su vida por el pasillo, aprovecha la detención del tren para hacer una pausa y no deslizarse tan rápido por la pendiente de su incierto destino.

3 DE FEBRERO

–¿Y?

Ya está.

El tren volvió a partir y el hombre sabe que eso quiere decir que ya no podrá inventar más pausas. Que ha llegado, finalmente, el momento de dar las explicaciones prometidas, y que, bajo esas irreparables circunstancias, la última pregunta de la mujer no deja de ser una inútil redundancia.

–Lo lamento un montón, querida Mariela, pero sobre el asunto de su repugnante olor a transpiración creo que no le podré decir gran cosa. La verdad es que si en aquel lejano momento del banco de la plaza usted olía de manera asquerosa, yo no lo alcancé a percibir.

Y, a partir de ahí, se inicia un silencio que en un principio la mujer toma como una pausa retórica absolutamente imprescindible en un discurso tan extenso como será, ella cree, el discurso que el hombre recién acaba de comenzar. Pero claro, los segundos corren, el extenso discurso del caballero no parece querer continuar, y entonces la mujer debe afrontar la decisión de volver a preguntar, aunque esta vez, desde luego, sea completamente consciente de su implacable redundancia.

–¿Y?

–¿Y qué?

Se defiende el hombre pensando en que ha dicho todo lo que podía decir acerca del tema, que su explicación ha sido clara y que la mujer tendría que estar por demás de contenta con la sobriedad y con la extremada economía de su exposición.Pero no.

Evidentemente el hombre está equivocado.

La mujer toma su cartera del gancho, apenas si se plancha la camisa azul marino, y, sin lugar a la más mínima duda, se prepara para marcharse de su vida por el pasillo.

Así que.

El hombre no lo piensa dos veces: se arroja a sus pies, le abraza con fuerza sus amorosas rodillas y le pide por favor que siga escuchándolo, que no se vaya, que le jura que jamás percibió su olor a transpiración, que si le pidió de ir a las escalinatas de la torre en busca de sombra fue nada más que porque sintió mucha lástima de sí mismo al darse cuenta recién en ese lugar que no era creyente, que si se quedaba un segundo más sentado en ese banco se iba a largar a llorar hasta la eternidad por culpa de la lástima que le daba la incredulidad de su vida, que ésa era la pura verdad, que por favor no se fuera de su vida, que de seguro él la necesitaba mucho más que el pasillo del tren y muchísimo más que los abundantes vendedores ambulantes ferroviarios.

–Levántese.

–¿Se queda?

–Me quedo.

–Gracias.

Entonces el hombre suelta las rodillas de la mujer, se levanta del piso plástico y vuelve a sentarse en su sitio. Mientras tanto, Mariela, que no deja de observarlo de reojo con cierto recelo, cuelga otra vez la cartera en el gancho correspondiente, toma asiento y empieza a plancharse la camisa azul marino por enésima vez.

–Lo escucho.

–Gracias otra vez.

Aunque esta vez las gracias tienen que ver con que la señora, seguramente sin proponérselo, acaba de recordarle que mientras abrazaba con fuerza sus rodillas, él se comprometió a seguir adelante con un discurso que ahora no se imagina cómo es que podrá seguir adelante.

Por eso es que dice lo que dice:

–La quiero, señora.

–Y yo lo perdono, caballero. Y la manera de que se entere de que mi perdón es verdadero consiste en relevarlo por completo de la necesidad de seguir adelante con sus explicaciones.

La mujer le contesta lo que le contesta porque sabe perfectamente que no puede esperar demasiado del futuro de un discurso que parece no poder ir mucho más allá de la propia y lamentable frustración marinera del discurseante. Pero, sobre todo, la mujer le contesta lo que le contesta porque, entre otras cosas, le cuesta entender que a ese señor de barba se le haya ocurrido, habiendo tanto sitio libre como hay en el vagón o en el tren, ir a sentarse justo al lado de Roberto en el momento mismo en el que Roberto le decía con tanto entusiasmo que la quería.

El barbado recién llegado, que se da cuenta enseguida de la profunda molestia que le ha provocado a la mujer su decisión de ir a sentarse justo ahí, teniendo prácticamente todo el vagón o el tren a su disposición, en el momento mismo en el que su vecino de enfrente le decía con tanto entusiasmo que la quería, hace un esfuerzo simpático y le confiesa que sufre un montón el calor, que el sitio que eligieron ellos es uno de los mejores del vagón porque es uno de los que está más alejado de los ventiladores del techo, y que, aunque lo que acaba de expresarle parezca una contradicción no lo es, que a esta hora los ventiladores sólo agregan más calor al insoportable calor del día. Que, por lo general, la gente que no sufre el calor de la forma en que él lo sufre no tiene ni idea de estas cuestiones y, con total ingenuidad, se pelea por sentarse en los asientos que están inmediatamente debajo de los ventiladores, que por supuesto se equivocan, y que, finalmente, aunque es verdad que quedan en el vagón otros asientos libres equivalentes a los asientos que ellos eligieron lejos de los ventiladores, él prefirió compartir el viaje con ellos porque no le suele ocurrir muy a menudo el encontrarse, en un transporte de características tan populares como es el caso del tren, con personas expertas en los temas del sufrimiento humano del calor.

–No somos expertos.

Le avisa Roberto y el hombre lo lamenta:

–Lo lamento.

Entonces, Mariela, que conoce en carne propia las enormes limitaciones explicativas de Roberto, se ve en la obligación de ser un poco más precisa. Le dice que es verdad, que no son expertos en la materia, que eligieron esos asientos por casualidad, que bien podrían haber elegido los asientos que están debajo de los ventiladores, pero que, de todas maneras, en lo personal, ya que no es nadie para asumir la representación de su vecino de enfrente, ella se considera bastante versada en un asunto que, si bien no es estrictamente el calor humano, está, a su humilde entender, íntimamente ligado con el mismo.

–Usted dirá, señora.

Y ella le dice:

–Me refiero a la transpiración.

El hombre de barba escucha la referencia de la señora y de inmediato inventa un silencio en su rostro. Una suerte de pausa corta que acompaña con la clausura momentánea de sus ojos y que él imagina como un corte imprescindible que facilitará, de alguna manera, que sus próximas palabras sean escuchadas con mayor atención. Después, cuando intuye que su silencio ya ha conseguido lo que buscaba, levanta los párpados y con cierta suficiencia argumenta que sólo en alguna medida la transpiración corporal está ligada al tema del calor humano, que la transpiración puede tener infinitos orígenes, que sólo uno de esos infinitos orígenes tiene que ver con el calor, y que ese error, por otra parte muy extendido dentro de la comunidad, deviene del hecho hartamente comprobable por cierto, pero no tan comprobable si atendemos un poco más a la ciencia y un poco menos a la extensión de los dichos de esa misma comunidad, de que ese origen es de alguna manera el origen más común de la transpiración.

–Claro.

Acepta Roberto la claridad o la escasa claridad del barbudo. Y el sol está justo encima del tren casi vacío que se está deteniendo.

MINISTRO CARRANZA

Y EL SOL SIGUE ENCIMA CUANDO el tren vuelve a arrancar.

–Como los vi sentados acá, tan lejos de los ventiladores, se me ocurrió pensar que ustedes también eran vacas.

–¿Perdón?

Mariela exige que el barbudo clarifique sus palabras y el barbudo, gracias a Dios, no tarda demasiado en hacerlo:

–Vaca: "Víctimas anónimas del calor", un grupo de ayuda solidaria al que suelo concurrir todos los viernes por la noche.

–Ah.

Mariela se tranquiliza y dedica gran parte de su recién conseguida tranquilidad al planchado de la pollera y de la camisa azul marino. Roberto, en cambio, quiere saber más sobre la cuestión.

Mucho más:

–Así que las "Víctimas anónimas del calor" se reúnen todos los viernes por la noche.

–Así es, señor.

–¿Y se puede saber qué es lo que hacen las "Víctimas anónimas del calor" todos los viernes por la noche cuando se reúnen?

–Nos ayudamos mutuamente.

El barbudo tiene la impresión de que quizás haya hablado de más. Entonces decide que, a partir de ese momento, deberá ser un poco más cauto en sus respuestas.

Pero su vecino de asiento no está dispuesto a escuchar tanta cautela informativa.

De ninguna manera.

Y como de ninguna manera está dispuesto a escuchar tanta cautela informativa, y tampoco le alcanza con saber que las "Víctimas anónimas del calor" se ayudan mutuamente, vuelve a preguntar.

–¿Se ayudan mutuamente?

–Sí. La manera que tenemos de ayudarnos es contarnos abiertamente nuestras dolorosas experiencias con el calor y, a veces, también participarnos de las soluciones personales que hemos ido encontrando durante el transcurso de nuestras acaloradas y dolorosas vidas, si es que, por supuesto, efectivamente hemos ido encontrando en el transcurso de nuestras vidas alguna solución personal.

–¿Por ejemplo?

El barbudo escucha la pregunta y nomás escucharla comienza un álgido debate interior en el que por un lado prima la cautela que hace apenas unos instantes se ha prometido a sí mismo y, por el otro lado, priman las enormes ganas de hablar un buen rato sobre el tema.

Finalmente, el corto debate interior es ganado por esta segunda posición y el hombre se desbarranca en comentarios que no tienen nada de cautelosos y que Roberto agradece repleto de emoción.

El barbudo considera que ejemplos hay de sobra. Pero que, antes de los ejemplos, resultaría bastante mejor para la comprensión global del problema si empezara por el principio, y agrega que el principio incluye un diagnóstico acertado del paciente. Porque claro, como ellos fácilmente se podrán imaginar, quien más quien menos, todos los seres humanos e incluso otras varias especies animales, sufren el calor; que lo importante, entonces, es establecer cuál es el límite entre sufrimiento y enfermedad, cuándo, involuntariamente, cruzamos esa frontera. Que de ninguna manera resulta tan sencillo determinar el límite y su cruce, que varía según los individuos, pero que, de cualquier modo, existen comunes denominadores. El más nítido de esos comunes denominadores, sin duda alguna, es aquel desgraciado momento en el que la persona ya no solamente sufre del calor cuando el calor existe como tal sino que sufre con sólo pensar en el posible calor que hará dentro de un rato o mañana o la semana que viene o, en el peor de los casos, cuando para fines de agosto, durante los días previos al día en que suele desatarse el temporal comúnmente conocido como "tormenta de Santa Rosa", el hombre o la mujer a la que nos estamos refiriendo, siente una profunda angustia anticipatoria del calor que normalmente se resuelve bajo la forma de interminables llantos depresivos y que se origina en el dato cierto, aunque evidentemente lejano, de que después de esa copiosa lluvia empezará la primavera y que, luego de la primavera, vendrá, inexorablemente, el insoportable verano.

–Pobres.

Mariela siente lástima de las personas vacas.

Mucha lástima.

A Roberto, en cambio, aunque también le da lástima la tragedia que vive esa gente, todavía no le alcanza con lo que el hombre les ha contado. Necesita imperiosamente saber más:

–¿Y los síntomas, señor, cuáles son los síntomas?

El educado barbudo no se molesta con la pregunta. Muy por el contrario, y haciendo gala de una innegable aptitud docente, trata de explicarle a la enorme ansiedad de Roberto que precisamente lo que acaba de contarles es uno de los síntomas primordiales de la enfermedad. Pero que es verdad, que hay otros, que por ejemplo las taquicardias y los ahogos respiratorios y la sensación de vértigo y la visión borrosa y el sudor frío sobre la frente y el hormigueo en las manos y en las axilas y en las piernas y los ataques de eructos y las aerofagias y los fuertes dolores de cabeza y la colitis y la terrible sensación de que el cuerpo no responde a nuestros mandatos.

–Pero digo yo, caballero, a ninguna de esas pobres personas se le ha ocurrido mudarse al sur, ¿a algún lugar un poco más fresco que la ciudad de Buenos Aires?

–Por supuesto, señora. Pero acontece que si bien al principio todo marcha muy bien, después, cuando la gente empieza a soñar con que por fin se ha curado, una tarde o una noche cualquiera los problemas vuelven. Ven un noticiero por televisión o escuchan por la radio el calor sofocante que hace en la capital o en Santiago del Estero o en San Salvador de Jujuy e, involuntariamente, y aunque nunca antes hayan estado en esos lugares, se transportan con su imaginación hasta allí y vuelven a recaer en la enfermedad.

–¡Qué barbaridad!

Exclama Mariela.

–Cuánto lo lamento.

Se lamenta, casi inmediatamente a continuación de la exclamación de la mujer, el bueno de Roberto.

Después, solamente queda el silencio para compartir. Y eso hasta que el barbudo se levanta y se despide diciendo que se baja en la estación Colegiales, que por favor se cuiden del sol porque este año está muy dañino, que traten de ubicarse siempre lo más lejos que puedan de los ventiladores del techo y que les desea, de todo corazón, que concluyan con éxito el viaje.

–Suerte y hasta siempre, caballero.

Se despide la mujer ignorando las razones que esconde Roberto para no saludar al hombre que se aleja por el pasillo. Recordando, sin proponérselo, la confusa escena del banco de la plaza y el intempestivo deseo del hombre por buscar una sombra en las escalinatas de la torre. Pensando que su vecino de enfrente es un perfecto mal educado.

Pero no dice nada.

Prefiere cerrar los párpados y guardarse sus reflexiones al respecto para el momento en que necesite hacérselas conocer.

El tren se está deteniendo.

Y el ruido agudo de los frenos, sumado, quizás, a su profundo rencor, no le permite a la mujer escuchar los eructos del hombre.

Tampoco le permite escuchar sus angustiosos y repetidos pedidos de auxilio.

COLEGIALES

MARIELA ESCUCHA los eructos.

Pero claro, eso no es todo, al mismo tiempo también recibe un desagradable manotazo sobre su rodilla izquierda.

Entonces, repleta de rencor hacia el hombre que, además de ser un perfecto mal educado ahora encima se ha atrevido a asestarle tan desagradable manotazo a su otrora amada rodilla izquierda, levanta los párpados dispuesta a descolgar, primero, de un tirón la cartera que cuelga del gancho, y a desaparecer por el pasillo, después, sin siquiera tomarse unos segundos para planchar con las manos su camisa azul marino.

Pero.

Apenas levanta los párpados debe reconocer, con cierta dosis de culpa, que tendrá que posponer su partida para otro momento o, quizás, incluso tendrá que llegar hasta el extremo de olvidarse para siempre de su antiguo rencor hacia el hombre.

Porque.

La mujer no puede creer la escena que se desarrolla ante sus ojos recién abiertos: Roberto se retuerce del dolor sobre el asiento, se toma con una mano la frente y, con la otra mano, peregrina desde la región del corazón hasta el abdomen y luego vuelve hacia la región del corazón, rascando salvajemente por el camino las zonas intermedias que va encontrando a su paso.

—¿Qué es lo que le sucede?

Pregunta Mariela debido, quizás, a que no sabe muy bien por dónde comenzar a ayudar al hombre.

–Me muero.

–Por favor, tranquilícese, Roberto.

Le pide la mujer mientras intenta recostarlo a lo largo de los asientos para que no se retuerza tanto o para poder ir investigando por sectores cuáles son los males que lo aquejan o para que no se muera, nomás, es que le pide por favor, Mariela, que se tranquilice.

Y el hombre se tranquiliza.

–Ahora tómese su tiempo. Respire profundo y, apenas pueda, dígame exactamente qué es lo que le sucede, así yo lo puedo ayudar.

El hombre respira profundo pero no se toma ningún tiempo para decirle a la mujer qué es lo que le sucede. Se lo larga todo junto: que tiene taquicardia y ahogos respiratorios y sensación de vértigo y la visión borrosa y sudor frío sobre la frente y hormigueo en las manos y en las axilas y en las piernas y en todas partes y un dolor de cabeza insoportable y la terrible impresión de que el cuerpo no le responde, y que, además de todo eso que le acaba de decir, hace apenas unos minutos atrás tuvo un ataque imparable de eructos y de pedos pero que ya se le pasó, que ahora lo que empieza a sentir es unas ganas bárbaras de ir al baño, que seguramente se trata de una incipiente colitis.

–Aguante así como está. Yo voy a ir al baño a mojar un pañuelo para ponérselo en la cabeza y en un segundo estoy de vuelta con usted. No se mueva, por favor.

La mujer saca un pañuelo rojo de su cartera y se dirige rápidamente hacia el baño, aprieta el pedal del agua y cuando está terminando de empaparlo siente otro desagradable manotazo, esta vez sobre su hombro. Un desagradable manotazo que ella conoce perfectamente bien de dónde es que proviene.

–Perdón, no aguantaba más.

La mujer sabe de antemano, también, que es completamente inútil que le recrimine nada a un hombre que se halla en las condiciones en las que se halla el hombre que acaba de asestarle el manotazo. Pero, de todas maneras, no puede sino recriminarle que ha hecho muy mal en no aguantar recostado como ella le pidió, que no es bueno que se haya levantado, que es sumamente peligroso lo que ha hecho, que mejor volvemos y se recuesta otra vez, aunque, reflexiona en voz alta, quizás sería más conveniente si se recuesta ya mismo en el primer asiento que encontremos.

–Es por la colitis.

–Ah.

La confesión del hombre deja sin argumentos a la mujer. Por eso decide dejarse de retarlo de una buena vez y ayudarlo a entrar en el baño y desabrocharle el cinturón y bajarle el pantalón a rayas finitas y también el calzoncillo y sentarlo en el inodoro más sucio que haya visto en su vida y acariciarle cariñosamente la cabeza mientras el hombre hace sus necesidades. Después, lo limpia lo mejor que puede y le pone, con mucho cuidado, el pañuelo húmedo sobre la frente.

–¿Se encuentra un poco mejor?

–Sí. Un poco mejor. Ya no tengo la taquicardia ni los ahogos ni la sensación de vértigo ni la visión borrosa ni ese horrible hormigueo por todas partes ni la terrible impresión de que el cuerpo no me responde. Ahora lo único que siento es un dolor muy fuerte de cabeza. Y la colitis, por supuesto.

–¡Qué bien! Con el paño frío, en unos minutos también se le va a ir el dolor de cabeza, Roberto. Quédese tranquilo.

Le aconseja la mujer mientras le da un tierno beso en la cabeza. Claro que no se fija demasiado en que, cuando se agacha para besarlo tiernamente en la cabeza, sus enormes tetas se apoyan sin ningún reparo sobre la cara del hombre. Y como son tan enormes y tan hermosas, el sufrido enfermo no puede más que retribuir el inocente beso de la señora con millones de besos parecidos, aunque no tan inocentes, que se encarga de repartir convenientemente entre ambas mamas.

Al principio, Mariela se asusta ante la nueva disposición del hombre e intenta desprenderse del abrazo que la atenaza por la espalda.

Pero no lo consigue.

Y como no lo consigue y empieza a no estar tan asustada con la nueva disposición del hombre, se las ingenia, mientras le abren con entusiasmo la recién planchada camisa azul marino, para cerrar con una mano la puerta del baño y luego, lentamente, y con esa misma mano, girar la perilla que indica ocupado.

Entonces sí.

Entonces se olvida para siempre de las dolencias y hasta de la colitis del hombre, abre el corpiño de par en par y empieza a disfrutar como una ballena de los millones de besos y de mordiscones suaves que le está regalando la boca de Roberto.

El pañuelo rojo cae a un costado de los besos. Muy

cerca de un montón de dedos masculinos que hábilmente están abriendo el cierre de una pollera perfectamente planchada. Por eso es que enseguida la pollera se desploma con cierta condescendencia encima del pañuelo rojo y por eso es que ahora el hombre no puede sino inundar de besos y de mordiscones suaves, también, la blanca bombacha de la mujer.

Pero.

La verdad es que no resulta nada cómodo manejarse en esas condiciones. La situación es prácticamente desesperante por culpa de la ansiedad y del escaso espacio que hay en relación con el enorme volumen de los cuerpos que ocupan ese espacio tan escaso. Así puede ocurrir, por ejemplo, que la mujer se agache, sin querer, justo al mismo tiempo que el hombre se levanta. O viceversa.

Entonces.

Los cuerpos, repletos de ganas de moverse, empiezan a chocarse en lugar de tocarse y la situación se torna cada vez más caótica.

Claro que, por fortuna, un instante antes de que el baño se convierta definitivamente en un caos, el tren comienza a detenerse.

–El tren se está deteniendo, caballero.

Le cuenta Mariela y el hombre tiene que hacer un esfuerzo casi inhumano para recordar que se encuentra viajando en un tren y que, además, justamente ese tren en el que se encuentra viajando se está deteniendo.

–Hagamos silencio hasta que vuelva a arrancar, Roberto, nos pueden escuchar.

–De acuerdo.

El hombre, que apenas ha conseguido poner algunas cosas del universo otra vez en su lugar, parece estar de acuerdo con la mujer en que resultaría conveniente, para ordenar al menos un poco el caos del universo, quedarse callados hasta que el tren vuelva a arrancar.

BELGRANO R.

EL TREN arranca.

Pero no por eso el universo del baño vuelve a convertirse en un caos.

De ninguna manera.

Y gran parte de la razón de esta novedosa armonía sanitaria universal se debe, tal vez, a que Roberto no ha desaprovechado los incontables segundos silenciosos que duró la detención.

No.

Los ha utilizado para medir mentalmente lo escaso del sitio y, también, para estudiar con exactitud, a partir de esas mediciones mentales, las escasas posibilidades de dicha escasez.

–Arrancó.

Le avisa la mujer porque lo ve demasiado pensativo y teme que tantos pensamientos abrumen al hombre y no le permitan retornar, con la rapidez que a ella le agradaría, a la desesperación de los cuerpos inmediatamente anterior al, para ella, larguísimo silencio ferroviario.

–Arrancó.

Repite el hombre para darse tiempo de levantarse del inodoro y, aprovechando las infinitas dudas de la mujer acerca de su repentino desplazamiento en medio de tantos pensamientos, arrimarse hasta su cuerpo antes de que algún movimiento femenino desesperado eche por la borda sus exactas mediciones y meticulosos estudios.

También por las dudas, y apenas lo siente cerca, Mariela no pierde el tiempo. Lo rodea con uno de sus brazos y lo aprieta sin ninguna consideración ni ningún cálculo contra sus carnes al mismo tiempo que, con su mano libre, intenta correr sin el menor cuidado la bombacha blanca para un costado y tragarse, en la exacta medida de sus posibilidades, el meticuloso sexo erguido del hombre.

Pero es inútil.

En esa posición es del todo imposible que un sexo, que aunque está erguido no guarda proporción alguna con la desesperación de la mujer ni con el tamaño de su persona, pueda introducirse tan adentro como la desesperación y el tamaño de esa mujer reclaman.

Entonces.

Roberto, que no en vano se ha tomado el tiempo que ha durado la silenciosa detención del tren para estudiar con meticulosidad la escasez del baño y las escasas posibilidades de dicha escasez, le asegura, muy cerca de la oreja derecha, que, según su criterio, andarían bastante mejor las cosas si ella tuviese a bien darse la vuelta.

–¿Así está bien?

Inquiere la mujer, repleta de ansiedad, apenas terminar de darse la vuelta.

–Así está muy bien.

Después, y con la presión justa de una de sus manos sobre la nuca, el hombre consigue que el cuerpo de la mujer se incline unos cuarenta y cinco grados y entonces sí, entonces corre la bombacha blanca para un costado con los mismos dedos con los cuales se ayuda a introducirse lo más adentro que puede de la señora.

–Ahora sí.

Dice él sin ninguna necesidad.

–Sí. Ahora sí.

Le contesta ella, también sin ninguna necesidad.

Y juegan con sus cuerpos en esa posición hasta que se cansan de jugar o hasta que sienten que alguien está intentando abrir la puerta del baño sin obtener el resultado esperado. Aunque, quizás, lo más justo sería afirmar que juegan con sus cuerpos hasta el preciso momento en el que esas dos cuestiones se suman y se hace imposible continuar durante mucho más tiempo ignorándolas.

Entonces se visten apurados a pesar del cansancio, se chocan arreglándose un poco el pelo y se salpican lavándose la cara. Después, Roberto junta del piso el pañuelo rojo que unos kilómetros atrás le sirvió para aliviar el fuerte dolor de cabeza, se lo entrega a su dueña y su dueña se lo vuelve a ubicar sobre la frente al tiempo que le hace un guiño de complicidad y abre la puerta.

Salen.

Pero no hay nadie esperando para entrar.

Tampoco encuentran a nadie cuando miran hacia el lado derecho del pasillo. Recién descubren a alguien cuando enfocan sus ojos hacia el lado izquierdo. Una silueta femenina que, casi al final del pasillo, hurga insistentemente con dos de sus finos dedos adentro de una cartera.

Así que.

Como da toda la impresión de que Mirtha Noemí está bastante más preocupada por sus habituales tareas de introspección material que por mirar quién o quiénes salen del baño, Roberto se saca de inmediato el pañuelo rojo de la frente y se lo devuelve a Mariela mientras le hace un guiño de complicidad muy parecido al que unos instantes antes supo hacerle ella.

Callados y tranquilos retornan a sus asientos.

Sin mirar para atrás.

Y continúan callados e inmersos en esa misma tranquilidad hasta el instante en el que un muchacho deja, sin ninguna tranquilidad, un bolso gigantesco en el asiento de al lado de Mariela y se sienta presuroso en el que está junto a Roberto.

–Disculpen. Son casi los únicos pasajeros que hay en todo el tren.

–Por eso mismo, ¿qué necesidad tiene, habiendo tanto lugar, de venir a sentarse justo acá, digo yo?

–Tengo una oferta increíble de "Titas" y de "Rodesias". Cinco de cada una de ellas por un peso. Nada más que un peso, señora.

–La verdad que es que la oferta es buena. Deme un paquete, joven.

–Muchas gracias, señora. ¿Y el caballero, se va a perder la oferta?

–No, no me la voy a perder. Si a usted no le parece mal, desde luego, la voy a compartir con la señora.

Y al muchacho, desde luego, no le parece mal que la pareja comparta su oferta, lo único que le provoca cierta lástima es no tener una moneda de un peso para devolverle al billete de dos que le acaba de entregar Mariela.

–Eso no es ningún problema, joven, no se preocupe. Yo debo tener una moneda.

Dice Roberto y se pone inmediatamente a buscar en los bolsillos de su pantalón a rayas finitas.

–De ninguna manera. Mejor deme dos bolsitas. Ando con un poco de hambre y si, por una de esas casualidades, me llegaran a sobrar, las guardo para el mate de la tarde y listo.

El muchacho le entrega a la señora una segunda bolsita y

Roberto acepta que, gracias a Dios y a todos los santos, pero sobre todo gracias al hambre o al mate de la tarde de la mujer, ya puede dejar de buscar monedas inexistentes en los bolsillos de su pantalón a rayas finitas.

Lo que a la mujer no le entra en la cabeza, y por eso se lo dice, es que un muchacho que además de ser tan simpático tiene una oferta tan buena, deambule intranquilo por un tren que lleva solamente dos o tres pasajeros, que eso no debe constituir un buen negocio. Que a ella le parece que él debería bajarse en la próxima estación y esperar otro tren que esté un poco más lleno o empezar a trabajar más temprano o más tarde, a la hora en la que la gente va a sus trabajos o vuelve de los mismos, que así la cosa no va a andar y que le da muchísima lástima que se esfuerce de esa manera en el lugar o en el momento equivocado.

–Lo que pasa es que soy nuevo.

–¿Y?

–Que como soy nuevo tengo que aprender el oficio y empezar a conocer a mis colegas. No es un gremio fácil, señora. Hay que ir paso a paso, no apurarse, hacerse de abajo. No pretender comerse el mundo el primer día.

–No me parece.

A Mariela no le parece que el gremio sea difícil o haya que ir paso a paso o no haya que apurarse o haya que hacerse de abajo o que el simpático muchacho no pueda pretender comerse el mundo el primer día.

–A mí tampoco me parece.

Se asocia Roberto públicamente a los pareceres de la mujer. Aunque, en lo privado, piense que el joven tiene razón y que el gremio no es fácil y que siempre es mejor ir paso a paso y no apurarse y hacerse bien desde abajo.

Aunque esté convencido, también, de que un hombre no puede pretender comerse el mundo ni el primero ni el último de los días.

–Ya me voy a animar.

Se disculpa el muchacho pensando en que el tren se está deteniendo y en que él todavía no se quiere bajar porque está muy a gusto con ellos y porque, aunque esa pareja no sepa absolutamente nada de la vida ferroviaria o de la vida en un sentido más general, se ve a la legua que son buena gente.

La que sí se anima es Mariela.

Abre sin ningún recato una de las bolsitas, escoge una "Tita" y les ofrece amablemente el resto a los demás.

Roberto acepta.

El muchacho no.

El muchacho explica que no es que no acepte porque las galletitas le disgusten sino que lo que pasa es que ya se ha comido demasiadas, que debe ser por culpa de la ansiedad del primer día de trabajo o por culpa del aburrimiento, que no sabe, que lo más seguro es que sólo se trate de que como era perfectamente consciente de que hoy no iba a poder comerse el mundo, había preferido, quizás de manera inconsciente, comerse las galletitas bañadas en chocolate y dejar el mundo para el apetito de los demás. Que espera que no le caigan mal, que él es medio alérgico al cacao, que a veces le salen unas manchas coloradas en el cuello y en la cara cuando se excede y que también espera animarse muy pronto a vender sus productos en los trenes en donde viaja mucha gente, que está convencido de que cuando trabaje más se le va a pasar la ansiedad o el aburrimiento o lo que sea que le ocurre.

–Seguro.

Asegura la mujer entre dos bocados.

El hombre, en cambio, no asegura nada. Tiene la boca llena y se acuerda que a su madre no le parecía para nada correcto que las personas hablaran mientras tenían la boca llena.

–Seguro que el pobre Washington se ha quedado solo con sus fuertes mareos y sus incontenibles ganas de vomitar.

–Pobre.

Tiene que admitir el hombre a pesar de que su boca continúe prácticamente igual de llena que antes. Pensando en que su madre entendería, si estuviese allí presente, que el escueto comentario que acaba de lanzar junto con algunas migas, representa una más que justificada excepción a las normas de convivencia entre los seres masticadores del universo.

–BAJÓ UNA SEÑORA CON LA MANO metida dentro de su cartera.

Le avisa elípticamente Mariela a Roberto que Mirtha Noemí se acaba de bajar y Roberto le contesta que mejor así, para todos, que incluso para Washington es mejor así, pobre.

–Pero no subió nadie.

Este segundo aviso de la mujer ya no está dirigido elípticamente a Roberto sino que está dirigido de manera bastante explícita al muchacho que los acompaña. Y a partir de los gestos que añade al aviso se las ingenia para darle a entender con claridad al vendedor ambulante que, como antes él no hizo caso de sus sabios consejos, ahora, que nadie subió al tren, no solamente no va a poder comerse el mundo sino que ni siquiera va a poder vender uno solo de los muchos paquetes de galletitas chocolatadas que atesora en su bolso.

–Me bajo en la próxima estación. En Villa Urquiza.

Ahora el que les avisa, con lujo de detalles, es el muchacho. Para que no se preocupen más por su incierto futuro laboral o, sencillamente, para que le permitan de una vez por todas acompañarlos un rato sin tanto consejo bienintencionado.

Mariela abre la tercera "Tita", le convida a Roberto una segunda y, como necesita de algún tiempo para cortar la faja y hacer un bollo con el papel metalizado que resguarda a la galletita de la humedad o del calor o de la lluvia o de cualquier otro imponderable meteorológico por el estilo, decide preguntarle al muchacho, aún a sabiendas de que es nuevo en el oficio, si es que sabe algo respecto del estado de salud de un compañero suyo que acostumbra vender esas cremas de grasa de víboras del altiplano que curan casi todas las enfermedades que infectan al mundo.

–Se salvó.

–¡Qué suerte!

Y el muchacho, que parece encontrar una renovada confianza en sí mismo a partir de la amable exclamación de la mujer, resuelve explayarse convenientemente sobre el asunto: que se lo contó el proveedor de mercaderías idóneas para la venta ambulante ferroviaria, que apareció cuando todos ya lo daban por muerto, que se salvó porque tuvo la fortuna de que su cabeza cayera justo sobre el bolso en el que llevaba las famosas cremas de grasa de víboras bolivianas, que realmente se trató de un milagro.

–Esas cremas son maravillosas.

Afirma Mariela terminando su tercer galletita chocolatada y, casi de inmediato, Roberto, que hace un buen rato ya dio cuenta de la suya, agrega redundantemente:

–Milagrosas.

El muchacho observa en silencio, y tal vez algo impresionado, cómo la señora extrae del paquete una "Rodesia" y le pasa, en esta oportunidad sin siquiera preguntarle si quiere más, otra galletita chocolatada al hombre que está a su lado.

–Por favor, joven, tenga mucho cuidado en dónde se ubica cuando por fin llegue el día en el que se anime a deambular por los pasillos de los trenes vendiendo su mercadería a la hora en la que viaja la gente.

Le pide encarecidamente la mujer apenas unos segundos antes de introducirse el primero de los tres o cuatro bocados que le demandará la ingestión total de la galletita. Y el muchacho, todavía algo impresionado por el hambre insaciable de la pareja, no puede menos que agradecer su preocupación preocupándose él en pedirles, encarecidamente, que por favor coman las galletitas con un poco más de moderación porque, por lo general, el chocolate suele sentar bastante mal al hígado.

–El amor abre el apetito.

Le explica Mariela porque le sobra tiempo para dar explicaciones ya que ha concluido con éxito, y en exactamente tres bocados, la ingestión total de la galletita y se está preparando para abrir una nueva. Roberto está gestualmente de acuerdo con lo recién expuesto por la mujer acerca de la íntima relación que existe entre el amor y las ganas de comer y entonces la mujer no puede sino agradecer el asentimiento gestual de su vecino de enfrente alcanzándole otra galletita.

–Lo decía porque a mí el chocolate me produce alergia. Por eso nada más.

Se defiende el muchacho.

Y Mariela, que todavía no ha concluido con la tarea de quitarle el papel metálico a la nueva "Rodesia" que va a ingerir a la brevedad, le dice que lo percibe un tanto apesadumbrado, pero que no se haga problemas, que ella lo entiende, que no debe ser nada fácil cargar con un bolso tan repleto de ofertas y no tener a nadie a quién ofrecérselas, que para no desmoralizarse ella le sugiere que debe practicar, que por qué, ya que están ahí, no practica con ellos dos, que a ella le encantaría hacer de público, que lo nota muy a la defensiva, y que, por favor, no se venga tan abajo, que es muy joven y que, además de tener todo el futuro por delante, también los tiene por delante a ellos dos bien dispuestos a escucharlo.

Entonces el muchacho se levanta de su asiento, se dirige presuroso hasta la puerta del vagón y, desde allí, empieza a gritar que muy buenos días, damas y caballeros, que viene a traerles, directamente desde los grandes establecimientos Terrabusi, una oferta inaudita, que más que una oferta se trata de un verdadero regalo, sí, un regalo, que aunque no lo puedan creer se trata de una bolsita que guarda en su interior cinco exquisitas "Rodesias" y cinco exquisitas "Titas", en total diez exquisitos productos de calidad Terrabusi, todo al increíble precio de un peso argentino o un dólar estadounidense, como lo prefieran, y que, aunque les parezca mentira, es verdad tal como lo escucharon, que no hay error posible, que solamente con un peso o un dólar, como a ellos más les agrade, se llevan estos exquisitos diez productos de la afamada marca Terrabusi, que muchas gracias por la atención que le han brindado, que en un momento pasará por sus respectivos asientos para que palpen la oferta con comodidad, que muy buen viaje.

Mariela se pone de pie y aplaude emocionada.

Roberto se para y la imita con los aplausos. Aunque es verdad que no consigue, por más que lo intenta, imitarla también en el tema de la emoción.

–Bravo. Lo felicito, joven. Lo ha hecho realmente muy bien.

–Muchas gracias, señora.

Pero claro, las cosas no quedan ahí.

Además de los abrazos y de los besos con los que lo recibe la mujer y las palmadas en el hombro y las palabras de aliento con las que lo recibe el hombre, también hay una moneda de un peso que ha encontrado Mariela en el fondo de su cartera, y la imperiosa exigencia femenina de que le venda, por favor, otra bolsita, que se lo merece.

–No sé qué decirles.

Les dice el muchacho porque no sabe qué decirles y la señora le pide que, entonces, como no sabe qué decirles no diga nada, que no hace falta, que a ella le parece que tiene un futuro extraordinario esperándolo en los multitudinarios pasillos del ferrocarril metropolitano.

–Otra vez muchas gracias.

Dice el joven debido a que no tiene ganas de bajarse del tren y el tren ya está frenando y piensa que, si sigue agradeciéndoles, ellos se van a olvidar de que él, hace un rato nada más, les aseguró que se bajaba en la próxima estación, en Villa Urquiza.

Pero no.

Mariela no se olvidó:

–Apúrese que estamos llegando a Urquiza, no vaya a ser cosa que con tantos agradecimientos desmedidos no tenga tiempo de bajar.

–Adiós.

Se despide sin ganas el muchacho mientras agarra el bolso que está justo en el asiento de al lado al de la mujer más dulce que ha visto en su vida.

Se despide pensando en lo estúpido que resulta asegurar cosas que después nos van a costar tanto sacrificio cumplir.

–Chau.

–Chau.

Y el tren se detiene.

VILLA URQUIZA

ROBERTO Y MARIELA QUEDAN otra vez solos. Entonces, él le pide a ella:

–¿Le importa, señora, si nos mudamos a aquellos asientos de allá?

–No. Desde luego que no me importa, caballero, claro que siempre y cuando tenga usted una muy buena razón para que hagamos semejante mudanza.

–Me molesta el sol. Me está dando de lleno en la cara.

–¿Y eso le incomoda?

–Me pica.

–Está bien. Creo que esa es una muy buena razón para que nos mudemos.

–¿Vamos?

–Vamos.

Y entonces van.

Aunque, por supuesto, el hombre llega al sitio elegido bastante antes que la mujer. Ella se toma su tiempo para ponerse de pie, para plancharse un poco la pollera y la camisa azul marino y para desenganchar la cartera y meter, adentro de la recién desenganchada cartera, primero las dos bolsitas llenas y después la bolsita casi vacía de galletitas chocolatadas.

–Todavía me sigue picando la cara. Y ahora, también me pica el cuello.

–Entonces no era por el sol.

Contesta Mariela sin otorgarle demasiada importancia ni al comentario del hombre ni a su propia respuesta debido, quizás, a que está muy ocupada colgando su cartera convenientemente en un gancho muy parecido al gancho en donde estaba colgada con anterioridad a la mudanza. Luego, cuando ha colgado nuevamente la cartera y ya está sentada y planchándose por enésima vez la pollera y la camisa azul marino, es que se da cuenta de que su intrascendente respuesta ha sido por demás de certera y que, en efecto, la picazón que siente Roberto no ha sido originada por su inadecuada exposición al sol.

Se da cuenta porque al levantar los ojos descubre que el cuello del hombre se ha convertido en una furiosa mancha color bermellón. Una furiosa mancha desde la cual parten un montón de manchas del mismo color, aunque desde luego mucho más pequeñas, que llegan hasta la frente manchándole a su paso casi toda la cara.

Así que.

La mujer no puede sino informarle al hombre que a su humilde criterio, criterio que por supuesto él no tiene por qué compartir, el verdadero motivo de la picazón facial que sufre no proviene, de ninguna manera, de su inadecuada exposición a los rayos solares. Que, y otra vez según su humilde criterio personal, quizás deberían haber escuchado con bastante mayor atención los amables consejos ambulantes que supo impartirles el simpático muchacho que unos kilómetros atrás les vendió tantas "Titas" y tantas "Rodesias", que.

Pero.

Los agudos frenos del tren interrumpen sin la más mínima consideración los cuantiosos dichos femeninos.

Y a la mujer, entonces, no le queda más remedio que callarse e imitar al hombre que está sentado justo enfrente de ella y que, evidentemente, ya no la escucha porque está sacando todo su cuello color bermellón por el hueco de la ventanilla levantada. No le queda más remedio que detenerse a reflexionar seriamente acerca del posible motivo que puede haber tenido el maquinista para detener el tren de esa manera tan desconsiderada para con los pasajeros y en un sitio que, para colmo de males, no es de ningún modo una estación.

–¿Qué pasó?

Le pregunta Roberto a Mariela porque la cabeza femenina recién salida por la ventanilla le tapa completamente la visión del futuro de los rieles. Aunque, a decir verdad, la misma pregunta la podría haber formulado la mujer, debido a que, por un lado, su intempestiva salida craneal no ha sido más que una conducta absolutamente imitativa y debido, también, a que por el otro lado, su visión no ha podido aportarle ningún elemento más o menos novedoso acerca del posible origen de la violenta frenada.

Por eso es que se da vuelta y le responde que no sabe, que no pudo ver nada, que, en realidad, ella sacó la cabeza únicamente porque observó que él la había sacado con anterioridad.

–Voy a ir a preguntar.

Le cuenta sus intenciones Roberto.

Pero, como los segundos pasan y las intenciones parecen no querer convertirse en realidades, Mariela se ve en la obligación de ayudarlo a convertir sus intenciones en realidades:

–Vaya, por favor.

Y mientras el hombre se va con sus intenciones a cuestas por el pasillo, la mujer se pone de pie, descuelga la cartera, extrae de su interior una bolsita casi vacía, vuelve a colgar la cartera, se sienta, saca de la bolsita la última "Rodesia" que queda, le quita con cuidado la tira de papel y después el papel metalizado y se la come de un solo bocado. Lo hace de esa manera en parte porque nadie la ve y en parte porque quiere apurarse para que Roberto, que puede volver de su expedición en cualquier momento, no la encuentre comiendo y entonces, esa glotona visión, pueda provocarle un deseo irrefrenable y muy poco indicado para el proceso alérgico que sufre el hombre que ha partido por el pasillo repleto de intenciones y con el cuello más bermellón que ella haya visto jamás.

Claro que.

Como el tren arranca nuevamente y el hombre sigue sin retornar, a ella, quizás por culpa de la ansiedad que le produce la falta de noticias acerca del origen de la inesperada frenada ferroviaria o quizás por culpa de que le gustan, nomás, le vienen unas ganas impostergables de abrir una de las dos bolsitas llenas de galletitas chocolatadas que guarda dentro de su cartera.

Por eso, porque las ganas son impostergables y el tren ya reanudó la marcha y el hombre del cuello más bermellón que ella haya visto jamás todavía no volvió, es que se pone de pie y descuelga otra vez la cartera del gancho y extrae de su interior una de las dos bolsitas llenas y vuelve a colgar la cartera y se sienta y abre la bolsita y, con cuidado, le quita a una de las "Titas" primero la tira de papel y después el papel metalizado que la aísla de la humedad y del calor y del frío y de la lluvia y de otras varias inclemencias climáticas por el estilo. Y se la come, por las dudas de que el hombre retorne en cualquier momento, también esta vez de un solo bocado.

Después come otra.

Recién cuando está abriendo la tercera galletita es que el tren comienza otra vez a detenerse y esta nueva detención la obliga a dejar de lado la cuidadosa tarea emprendida y a estirar otra vez el cuello por el hueco de la ventanilla para enterarse, si es que puede, qué es lo le ha pasado al maquinista en esta oportunidad.

Y se entera, nomás.

Se trata de que han arribado a una estación.

Así que.

Como a ella le parece absolutamente correcto que el maquinista detenga el tren en cada una de las estaciones que va encontrando en su camino, rápidamente reintroduce su cabeza y continúa, con el mismo cuidado con que lo hacía antes de sacar por segunda vez la cabeza por el hueco de la ventanilla, afectada a la inconclusa tarea de abrir la tercera "Tita".

PUEYRREDÓN

—¡POBRE tipo!

La exclamación sorprende a la mujer todavía masticando.

Y como la mujer no quiere provocar, con su masticación, el irrefrenable deseo del alérgico señor que, recién retornado, acaba de pronunciar dicha exclamación, resuelve esconder la cara en el horizonte del hueco de la ventanilla y la bolsa abierta de galletitas chocolatadas entre los pliegues de su planchada camisa azul marino.

El hombre no se da cuenta de todo lo que le esconden.

Sólo atina a pensar que el silencio femenino se debe a su prolongada ausencia y que la mujer le está exigiendo, de esa callada manera, una explicación pormenorizada de los hechos que lo mantuvieron alejado durante tantos minutos del sitio al que apenas unos instantes antes de su desaparición por el pasillo, él le había pedido tan encarecidamente que se mudaran.

Por eso es que, casi de inmediato, comienza a explicarle que lo que ocurrió fue un desastre, una verdadera desgracia. Que el guarda le pidió el boleto a un hombre que viajaba cuatro vagones adelante del vagón en el que viajaban ellos, que el hombre no se lo pudo dar porque no lo tenía y que entonces el guarda hizo lo que en conciencia tenía que hacer: le labró la multa correspondiente. Que cuando le alcanzó la boleta con la multa, el hombre, por toda contestación, le suplicó que hiciera un esfuerzo y tratara de comprenderlo, que no pretendía ser un maleducado pero que, la verdad, si antes no había podido pagar el pasaje, mucho menos podría pagar ahora una multa. Entonces el guarda había tenido que explicarle que si se negaba a abonar la suma de cinco pesos, tal y como estipulaba la multa, él tendría que entregarlo a la policía ferroviaria apenas arribaran a la próxima estación. Que el hombre lo escuchó con atención pero no dijo nada, se levantó de lo más tranquilo y se puso a caminar lentamente en dirección a la puerta de salida, que el guarda lo acompañó a lo largo del trayecto y que nomás llegar a la puerta, el hombre le preguntó, por última vez, si no podía hacer una excepción y olvidarse de la multa y el guarda se vio en la ineludible obligación de decirle que no podía hacer nada al respecto, que ya había firmado el acta de infracción.

–¡Qué barbaridad!

–Sí. Y lo más triste, desde luego, es que antes de que el guarda pudiera expresarle que de cualquier manera la situación no era tan grave, que la policía ferroviaria a lo sumo lo retendría durante un par de horas en una oficina de la estación, que no pasaría de eso, el tipo, sin pronunciar palabra, abrió la puerta de un tirón y se arrojó del tren.

–¡Qué barbaridad!

Repite la mujer porque lo siente y porque ahora, que hace ya un rato ha terminado de masticar, puede hacerlo sin tener que mirar hacia el horizonte de la ventanilla para no provocar ningún deseo irrefrenable de galletitas chocolatadas en el hombre.

–Sí.

Claro que, casi inmediatamente después de que se escucha a sí mismo responder que sí, Roberto comienza a suponer que a la mujer le alcanza con esas exclamaciones, que quizás no tenga ninguna intención de comentar ni de preguntar nada más al respecto y enseguida se apura a considerar, también, que esa falta de interés de la señora por el caso se debe, sin lugar a dudas, a que él, a pesar de que ha sabido contarle con todo lujo de detalles la desgraciada causa de la imprevista detención del tren, no le ha dado, todavía, la más mínima información acerca de los motivos que produjeron su tan prolongada tardanza.

Pero Roberto supone mal.

No es cierto que la mujer se mantenga en silencio por desinterés acerca del asunto del tipo que se tiró del tren.

No.

La verdad es que Mariela se debate interiormente entre las cuantiosas ganas de saber bastante más de lo que hasta ese momento lleva dicho el hombre y el civilizado razonamiento de que no está bien comportarse como una vieja chismosa cuando el que tiene que responder, en este caso Roberto, está tan fuertemente impresionado por lo que le ha tocado en suerte vivir.

Entonces, como la mujer no puede resolver con algún éxito el debate interior y no soporta un instante más tanto silencio, decide optar por una solución intermedia. Decide repetirse:

–¡Qué barbaridad!

–Sí.

Pero claro, apenas escucharse, Roberto toma rápida conciencia de las mutuas repeticiones y reconoce que debe ir mucho más lejos, que tres "Sí" suyos después de tres "¡Qué barbaridad!" de la mujer, no alcanzan a construir una conversación medianamente adulta.

Así que.

Va mucho más lejos.

Le cuenta que nunca pudo llegar al lugar en donde se desarrollaron los desgraciados acontecimientos que antes le ha narrado, que en realidad su caminata por el pasillo se terminó dos vagones más adelante de donde están ahora ellos sentados y no cuatro como podría indicar la exacta fidelidad de su narración anterior, pero que fue así, que lo jura, si es necesario, que ahí fue que se encontró al desesperado guarda, que el hombre estaba justo bajando a buscar al tipo que se había arrojado dos vagones más adelante, que el guarda le pidió por favor que lo ayudara y que él le contestó que sí, que por supuesto, y entonces bajaron y encontraron el cuerpo destrozado del tipo entre unos pastizales a un costado de las vías, que un poco más tarde llegó el maquinista y entre los tres subieron el cuerpo al tren, que después el maquinista se fue a continuar con su rutinaria tarea de maquinista y que el guarda le pidió que se quedara un rato con él, por favor, que se sentía muy mal y que no quería quedarse solo con ese cuerpo.

–¿Estaba muerto?

–Estaba muerto.

–¡Qué barbaridad!

Esta vez Roberto está preparado para el comentario de la mujer y no se deja llevar por la facilidad de una tentadora afirmación.

De ninguna manera.

Hace un esfuerzo y le refiere que cuando llegaron a la estación Pueyrredón estaban esperándolos varios policías ferroviarios, que según le comentó en ese momento el guarda, el maquinista les debía haber avisado por radio, que los policías se llevaron el cuerpo y que el guarda le agradeció de todo corazón que él se hubiese quedado a su lado durante esos minutos tan dramáticos, que casi enseguida el tren volvió a arrancar y él retornó junto a ella lo más rápido que pudo hacerlo.

–¡Qué barbaridad!

–Sí.

–BUENOS DÍAS, señores.

–Buenos días, caballero.

–Si fueran tan amables de permitirme los boletos, por favor.

–Desde luego.

Roberto busca el suyo en el bolsillo derecho del pantalón a rayas finitas y busca, también, alguna respuesta a un par enorme de interrogantes que no paran de darle vueltas por la cabeza: ¿cómo es que ese hombre uniformado puede aún sobrevivir después del drama del que fue protagonista fundamental y cómo es que se las ingenia, ya no sólo para sobrevivir sino para desarrollar con tanto entusiasmo, y apenas unos kilómetros más tarde, la misma actividad que supo engendrar dicho drama?

Mariela, mientras tanto, sin formularse tantas preguntas como el hombre que viaja frente a ella, intenta levantarse de su asiento manteniendo escondida la bolsa de galletitas que oculta entre los infinitos pliegues de la camisa azul marino.

Pero no lo consigue.

La bolsa cae aparatosamente y las galletitas chocolatadas se desparraman sin ninguna discreción por el piso plástico.

Claro que, sin inmutarse en lo más mínimo o por lo menos aparentando no inmutarse en lo más mínimo por el ruidoso acontecimiento, la mujer continúa adelante con la tarea de descolgar su cartera del gancho. Luego la abre y extrae de ella el pasaje justo en el momento en el que los dos hombres han terminado de introducir gentilmente dentro de la bolsa, las numerosas galletitas chocolatadas desparramadas por el piso plástico.

–Les estoy muy agradecida.

–No fue nada.

Responden los dos hombres casi al unísono y la mujer les pide por favor que acepten a modo de agradecimiento una "Tita" o una "Rodesia", la que ellos prefieran.

El primero en estirar la mano en dirección a la bolsa es Roberto y, por supuesto, su apresurada actitud origina de parte de la señora una grave reprimenda que toma la forma del puntilloso recuerdo de un cuello color bermellón. Desde luego, la reprimenda origina, a su vez, la inmediata retirada de la solícita mano masculina.

El guarda, en cambio, admite que aunque le gustaría, no sabe a ciencia cierta si debería hacerlo, que cree que no le está permitido comer durante su horario de trabajo, pero que, de todas maneras, ellos dos son los únicos pasajeros que en ese momento transporta el tren y que todavía faltan algunos minutos para arribar a San Martín, que es la próxima estación.

–Tome y siéntese a comerla con nosotros.

Le ordena dulcemente la mujer y el guarda no puede menos que tomar la "Rodesia" que le alcanza y, aunque quizás no debería hacerlo, quitarle con cuidado primero la faja y luego el papel metalizado y sentarse con ellos a comerla.

–¡Qué barbaridad!

Dice la señora y Roberto se ve en la ineludible obligación de traducirle al guarda, casi simultáneamente, su confusa expresión. Le explica que no es que Mariela suponga que es una barbaridad que él se haya sentado con ellos a comer una galletita cuando quizás no debería haberlo hecho, no, que por favor no piense eso, que en realidad lo que a Mariela le parece una barbaridad es lo que ocurrió hace un rato con el tipo que se arrojó del tren porque no tenía boleto ni, mucho menos, tenía el dinero suficiente como para abonar la multa que él supo labrarle porque, por supuesto, correspondía hacerlo. Que tuvo que contarle a la señora con todo lujo de detalles lo acontecido y que lo disculpe si es que contó algo que, quizás, no era conveniente contar.

–Ahora entiendo.

Entiende ahora, el guarda, el verdadero motivo del exabrupto femenino y agrega, después de terminar de tragar un buen bocado de "Rodesia", que no tiene por qué disculparse de haber contado lo que contó, que le parece muy natural que a su regreso él haya tenido que dar las consabidas explicaciones de su tardanza, que él también es casado.

–Nosotros no estamos casados.

Le avisa la mujer con el único objetivo de ayudarlo a que no saque conclusiones equivocadas. Pero el guarda, que acaba de terminar de tragar un nuevo bocado de "Rodesia" y que, tal vez por estar distraído masticando, no llega a comprender que la mujer está tratando de ayudarlo, afirma que él no tiene nada en contra de las personas que viven juntas sin estar casadas, que le parece que hay que ser tolerantes y hay que aprender a admitir las infinitas posibilidades que nos ofrece la modernidad, pero que, a decir verdad, él se considera medio anticuado para un montón de las cosas que ocurren en el mundo moderno.

–Tampoco vivimos juntos.

Le advierte Mariela en un último intento por lograr que el guarda no se vaya por las ramas y aprecie que la única razón por la cual ella lo invitó a sentarse y a comer con ellos, a pesar de que no debería haberlo hecho, era que le interesaba saber un poco más acerca del desgraciado episodio que mantuvo a Roberto tanto tiempo ausente de su lado.

Roberto, que ahora no está ausente y que tiene alguna conciencia de que la distracción del guarda está íntimamente relacionada con la "Rodesia" que está devorando como un animal famélico, y que, por otro lado, está absolutamente convencido de que a Mariela le interesa mucho más charlar acerca de la caída del tipo que discutir acerca de su actual estado civil, le da una mano al futuro de la conversación y le comenta al hombre que él cree que el oficio de guarda no debe ser nada fácil, que debe tener una personalidad muy fuerte, usted, para salir al pasillo apenas unos kilómetros después de la tragedia ocurrida para hacer exactamente el mismo trabajo que supo originar dicha tragedia.

–Usted lo acaba de decir: no es nada fácil. Pero hay que hacerlo de todas maneras. Es mi deber.

Reconoce el guarda mezclando sin querer sus palabras con las últimas migas de "Rodesia" que se deslizaban por su boca.

–¡Qué barbaridad!

Y Roberto se encarga de traducir, lo más rápido que puede, que la expresión de la mujer no apunta al desagradable hecho de que él haya hablado con la boca llena sino que la exclamación apunta a las abrumadoras dificultades que a juicio de Mariela presenta la seguramente muy mal remunerada profesión de guarda de tren metropolitano.

–Es verdad. No es fácil. Y no es sólo lo que pasó hoy. No. Ayer, sin ir más lejos, una señora de más o menos la misma edad que la señora aquí presente, se tiró debajo de las ruedas del tren en un cruce que está un poco antes de llegar a la estación Luis María Drago.

–¿De mi misma edad?

–Más o menos.

–¡Qué barbaridad!

Esta vez Roberto no traduce nada porque no está seguro de hacerlo correctamente y empieza a sospechar que, quizás, no haya traducido con éxito ninguna de las muchas expresiones similares que con anterioridad a proferido la mujer.

Y como Roberto no traduce y el tren ya está empezando a detenerse, el guarda aprovecha el momentáneo silencio para despedirse velozmente de la pareja.

–Adiós y muchas gracias.

–Adiós.

Se escucha contestar Roberto pero no escucha que la mujer que lo acompaña haga lo mismo y entonces las vagas sospechas acerca de la absoluta incorrección de sus pasadas traducciones no pueden sino crecer y agigantarse hasta los límites de la convicción.

–¡QUÉ BARBARIDAD!

–Sí.

Afirma el hombre para ganar tiempo o para congraciarse con la mujer o para que lo perdone por traducir tan incorrectamente, como lo ha hecho, sus cambiantes estados de ánimo. Para demostrarle que siempre estuvo de su lado y no del lado del guarda es que el hombre le dice que sí a la mujer.

Pero su esfuerzo afirmativo no sirve de mucho.

–¿Sí, qué, caballero, si me hace el favor?

Le pregunta Mariela a boca de jarro y él comprende que definitivamente se equivocó en sus infinitas traducciones pasadas y que de nada le servirá alegar que errar es humano y que perdonar es divino o que no lo hizo con ninguna mala intención o que él creyó fervientemente en estar traduciendo lo correcto o que recién se dio cuenta de su yerro sobre el final, cuando ya era demasiado tarde para modificar el curso de tantas interpretaciones equivocadas.

–¿Acaso no me entendió la pregunta, Roberto, y tengo que repetírsela nuevamente?

–No, no. La entendí, no tiene por qué repetírmela. Se lo aseguro.

–¿Entonces?

Entonces, y como el hombre sabe que ya es muy tarde para intentar ser convincente, se arriesga a comentar sin demasiada convicción que desde luego fue una verdadera barbaridad lo que argumentó el guarda sobre la presumible edad que tenía la pobre mujer que ayer se había arrojado debajo de las ruedas del tren cuando éste pasó por el cruce que está un poco antes de llegar a la estación Luis María Drago, que el comentario le pareció completamente innecesario y gratuito y de muy mal gusto.

–¿Cuántos años piensa usted que tengo, Roberto?

–Sesenta, más o menos.

–¿Más o menos?

–Quise decir menos.

–Exactamente cincuenta y nueve.

–Acerté.

–Y además soy soltera.

–Yo soy viudo.

–Se lo digo todo junto y de una sola vez para que lo sepa y no ande autoengañándose al respecto y por culpa de ese autoengaño vaya por la vida haciéndole mal sin querer a las personas que no quieren hacerle a usted ningún mal, como me da la impresión, siempre y cuando usted no se ofenda con mis impresiones, desde luego, le suele ocurrir con bastante frecuencia a su querido amigo el guarda.

Roberto prefiere en esta oportunidad no contestar. Intuye que serviría de muy poco aclararle a la señora que el guarda no es ningún querido amigo suyo y que él está completamente de acuerdo con ella en la apreciación de que el uniformado era un metido y un anticuado y que no comprendía casi nada de lo que ocurre en el mundo moderno y que, además, ahora que lo ha pensado mejor, hasta le parece que tuvo algo de culpa en el asunto del suicidio del desgraciado pasajero que no había podido pagar el boleto. Que cualquiera que no fuese ese estúpido guarda se hubiese dado cuenta enseguida de que si el pobre hombre no había podido pagar el boleto, mucho menos podría pagar una multa de cinco pesos, que lo podría haber perdonado si no fuera tan metido ni tan anticuado ni tan poco moderno.

No contesta porque sabe perfectamente que todas esas cosas que ahora puede contestar, las hubiera tenido que pensar bastante antes, que es muy poco lo que puede lograr con sus novedosos razonamientos, que la única opción que le queda es la de mantenerse callado a esperar que los minutos pasen, a esperar que la mujer se calme y a esperar que, a partir de esa calma, se olvide de sus asquerosas traducciones.

Pero los minutos pasan y la mujer sigue mirando por la ventanilla cómo el sol calienta las enredaderas del costado de las vías y las paredes blancas y los techos y las terrazas de las casas que están inmediatamente después del alambrado repleto de enredaderas al costado de las vías.

Y como los minutos pasan por la ventanilla y la calma de la señora no parece producir ninguna de las transformaciones que el hombre creía se podrían producir a partir de la calma y del paso de los minutos, resuelve que ya se va haciendo hora de inventar algo que pueda mejorar, al menos un poco, la conflictiva situación reinante en esa zona del vagón.

Entonces.

Le cuenta entusiasmado a la mujer que el cuello ya no le pica, que está muchísimo mejor, que seguramente había sido el sol y no el exagerado consumo de galletitas chocolatadas lo que le había provocado aquellas manchas color bermellón.

–Fue el chocolate, caballero.

Afirma la mujer sin hacer ningún caso del inusitado entusiasmo que exhibe el hombre y al hombre no le queda otra salida que ponerse rápidamente de acuerdo con la afirmación femenina y, casi con el mismo entusiasmo que antes había defendido la hipótesis del sol como única causa del color bermellón de su cuello ahora no sólo parece estar convencido de que la culpa la tuvo el chocolate sino que se atreve a agregar que, si ella así lo desea, pueden volver a sentarse al sitio en donde estaban sentados antes de la picazón, que él piensa que es normal que una persona pueda equivocarse, pero que, si esa persona admite con humildad su equivocación, empieza en ese mismo instante a corregirse.

–No sé.

–¿No sabe?

–No. No sé.

La mujer vuelve a mirar por la ventanilla en dirección a las enredaderas que cuelgan del alambrado que circunda la vía y el hombre se queda pensando en que no sabe qué es lo que la mujer no sabe pero, como no se anima a traducirla porque teme volver a equivocarse, decide que lo más sano que puede hacer en ese momento es mirar también él por la ventanilla.

–¿Qué mira?

Le pregunta entonces la mujer y él, casi igual de entusiasmado que antes, le dice que mira cómo el sol calienta las flores rojas de las enredaderas que cuelgan del alambrado, que le encanta el calor, que siempre prefirió el verano al invierno y que los rayos del sol lo llenan de energías y de ganas de vivir.

–Ya le dije yo que no sabía.

–Sí, ya me lo dijo.

–¡Qué barbaridad!

Roberto escucha la conocida expresión de la mujer y se maravilla de haberse atrevido a traducir, en el pasado cercano del viaje, a una personalidad de tanta complejidad.

Por suerte, las enredaderas han desaparecido porque los alambrados se han convertido en un interminable paredón blanco, el tren se está deteniendo y el agudo ruido de los frenos no permite que el hombre escuche una expresión de la mujer sumamente parecida a la última de sus expresiones.

Por suerte.

SAN ANDRÉS

PERO LA SUERTE DE Roberto dura poco.

Muy poco.

La mujer no aguanta más tanta indiferencia en forma de sordera masculina y se desbarranca en cuestionamientos: así que al señor ahora le gusta el sol y también el calor y el verano y hace un par de estaciones, nomás, me pidió por favor que nos mudáramos hasta estos asientos en donde estamos sentados en este momento debido a que el sol le molestaba y, apenas unas pocas estaciones antes, tuve que acompañarlo de urgencia al baño y estirarle un pañuelo húmedo sobre la frente porque casi se muere de un ataque repentino de calor. Y no le digo nada de cuando estábamos charlando alegremente bajo el sol, en la plaza, y no pudo soportar ni el sol ni el calor ni la alegría y de una manera de lo más grosera me llevó hasta la sombra de las escalinatas de la torre. Pero qué bien, realmente me impresiona usted, así que después de todas esas cosas que me ha tocado vivir a su lado, ahora resulta que al señor le gusta el calor y le encanta el sol y prefiere el verano al invierno. ¡Qué barbaridad! Menos mal que ya le avisé yo que no sabía.

–No sé.

Dice Roberto sin pensar en lo que dice, o quizás habiendo pensado demasiado, y entonces Mariela se pone furiosa y le exige a los gritos que se explique porque le disgusta enormemente que le tomen el pelo cuando sale a hacer un poco de ejercicio por la mañana como le recomendó un joven doctor del hospital de Villa Ballester que, ella está convencida, tiene un futuro extraordinario en la medicina del cono urbano bonaerense.

Así que.

Como evidentemente al hombre no le quedan demasiadas opciones, resuelve que, habiendo llegado al punto al que lamentablemente ha llegado la situación, la mejor defensa consiste en un buen ataque y entonces se larga a cuestionar también él algunos acontecimientos ocurridos durante el pasado del viaje. Le aclara que el guarda no era ningún querido amigo suyo, que no, que de ninguna manera, que él estuvo siempre de acuerdo con ella en eso de que el uniformado era un metido y un anticuado y que no comprendía casi nada de lo que ocurre en el mundo moderno. Y que además, ahora que lo piensa mejor, hasta le parece que tuvo bastante de culpa en el desgraciado asunto del suicidio del pasajero que no había podido pagar el boleto; que cualquiera que no fuese ese estúpido guarda se hubiese dado cuenta enseguida de que si el pobre hombre no había podido pagar el boleto, mucho menos podría pagar una multa de cinco pesos. Que lo podría haber perdonado sino fuera tan metido ni tan anticuado ni tan poco moderno, pero que, en el fondo, la culpa de que en este preciso momento estén discutiendo de la forma en la que lo están haciendo la tuvo ella y no él, que de eso él no se hace cargo, que fue ella quien lo invitó a sentarse allí a comer, que reconoce que quizás no tradujo del todo correctamente alguna de sus expresiones pero que en ningún caso lo hizo adrede, que sería bueno que, así como se fija con tanta meticulosidad en los errores que cometen los demás, también dedicara algún tiempo de su vida deportiva a reconocer la profunda ambigüedad de alguna de las exclamaciones que acostumbra proferir, que antes no se animó a decirle todo lo que le está diciendo porque creyó que con el transcurrir del tiempo ella se iría calmando y terminaría por olvidar sus asquerosas traducciones, pero que, ahora, se da perfecta cuenta de que no sólo traduce mal sino que, a veces, también puede llegar a imaginarse muy erróneamente el futuro.

–Es verdad.

Afirma la mujer y Roberto se pone frenético con la afirmación de la mujer. O, quizás, su arrebato tenga que ver con no poder asumir, tan fácilmente, su absoluta incapacidad interpretativa:

–¿Podría explicarme, si fuera tan amable, señora, qué es lo que para usted es verdad?

–Es verdad que tradujo muy mal mis expresiones y es verdad, también y entre otras cosas, que imagina usted muy erróneamente el futuro.

–Ahora la entiendo.

Roberto se tranquiliza y como se tranquiliza se queda callado mirando otra vez cómo pasan las interminables enredaderas por el hueco abierto de la ventanilla.

Pero Mariela no se ha tranquilizado.

No.

Mariela sigue pensando que, además de las verdades que acaba de explicitarle al hombre y que inesperadamente han logrado tranquilizarlo, a ella todavía le quedan unas cuantas verdades sin explicitar que con toda seguridad no producirían en el hombre los mismos efectos.

Por eso.

Porque no lo puede ver tan tranquilo cuando ella está tan nerviosa, se las explicita nomás.

Lo apunta con el dedo índice y le dice que, muy a pesar de que haya dicho que ahora entiende, ella cree que él no entiende nada, absolutamente nada, porque si bien es verdad que traduce muy mal, también es verdad que eso no es lo peor de la cuestión, que lo peor de la cuestión es que él no tenía ninguna necesidad de andar traduciéndola frente al guarda, que ella no es extranjera ni tampoco el guarda lo era, que, en cualquier caso, si el guarda no entendía alguna de sus expresiones bien podía él mismo inquirirle sobre lo que no había comprendido de sus dichos, que no le parece que el guarda fuese un individuo tan timorato como para no animarse a hacerlo si lo juzgaba conveniente, que a ella, por el contrario, le parece que el metido fue él y no el uniformado, y que, si está dispuesto a escucharla, a ella le parecen otro montón de cosas más acerca de su comportamiento que aún no ha tenido tiempo suficiente para decírselas.

–¿Por ejemplo?

Pregunta Roberto con una tranquilidad a todas luces injustificada y la mujer no tiene el más mínimo inconveniente en responderle:

–Por ejemplo su actuación con respecto al tema de mi repugnante olor a transpiración.

–¿Mi actuación con respecto al tema de su repugnante olor a transpiración?

–Sí.

Y a partir de tan contundente afirmación el hombre se prepara para escucharla, con la mayor atención de que es capaz, volviendo la mirada hacia adentro del vagón y tratándose de olvidar, aunque sea por un rato, de las infinitas flores rojas que cuelgan de las enredaderas que crecen a un costado del enojo de la señora.

–Adelante, por favor, la escucho con atención.

–Muy bien. Primero fue en la plaza. Allí me pidió de una manera bastante grosera que dejáramos el sol, estrella a la que, le recuerdo por otro lado, ahora asegura usted profesarle un gran cariño. Me pidió, le decía, que nos sentáramos en las escalinatas, a la sombra de la torre. Y después fue acá en el tren en donde también supo exigirme que nos mudáramos de asiento debido a que el sol, estrella a la que usted, le vuelvo a recordar, ahora asegura profesarle tanto cariño, le producía cierta insoportable picazón en el cuello y en la cara.

Dicho esto la mujer se calla.

Se calla porque cree que con lo que dijo alcanza para tranquilizarse y sobra para desenmascarar la hipocresía del hombre.

Pero no alcanza ni sobra.

–¿Y?

Pregunta Roberto porque no entiende qué tiene que ver todo eso que acaba de escuchar con el repugnante olor a transpiración.

–¿Y, qué?

Mariela repregunta alzando bastante la voz debido a que la insólita pregunta del hombre no le ha permitido tranquilizarse como ella esperaba y debido a que, sobre todo, no le termina de entrar en la cabeza que el hombre siga manteniendo exactamente la misma postura hipócrita que mantenía con anterioridad al completo desenmascaramiento que han llevado a cabo sus palabras.

–¿Y con eso qué?

Vuelve a replicar el hombre porque no le gusta que le griten y porque continúa sin comprender, pese a los grandes esfuerzos que realiza, la estricta relación que establece Mariela entre las dos situaciones ciertas que acaba de exponer y el incierto asunto de su repugnante olor a transpiración.

–Si se toma el trabajo de sumarle a los dos hechos que le he narrado, señor, su reciente cariño por el sol y por el calor y por el verano, se dará cuenta de que queda absolutamente claro que usted no soporta mi repugnante olor a transpiración y también queda igualmente claro que usted es tan hipócrita que ni siquiera se atreve a decírmelo en la cara.

MALAVER

ROBERTO NO PIERDE INÚTILMENTE el corto tiempo que dura la detención del tren.

No.

Lo utiliza para indagar profundamente en su interior si acaso es verdad que ha sentido, en las dos situaciones puntuales que ha expuesto Mariela, algo parecido a la repugnancia o al asco por los olores que emanaban del grandioso cuerpo de la mujer.

Pero no lo recuerda.

Y el tren ya ha arrancado nuevamente.

Entonces considera que, como no lo recuerda y el tren ya ha arrancado nuevamente, no sirve de nada tratar de hacerse el simpático con la señora y manifestarle, por caridad, aquello que ella está esperando escuchar de su boca. Resuelve, por el contrario, que resulta bastante más sincero de su parte volver otra vez su mirada hacia las flores rojas que crecen al calor del sol en las enredaderas del costado de las vías e indagar más hondamente, por las dudas y con la ayuda de ese marco casi bucólico, no sólo esos dos episodios recordados por la mujer sino algunos otros que ella ha dejado de lado quizás por falta de memoria o quizás porque estimaba que con esos episodios alcanzaba y sobraba para exponer el delicado tema de su aparentemente tan repugnante olor a transpiración.

Mariela, que ignora por completo el esfuerzo de sinceridad que está llevando a cabo Roberto, que sólo alcanza a observar que ha vuelto con suma tranquilidad otra vez su mirada hacia el hueco abierto de la ventanilla, entiende que ha llegado finalmente la hora de olvidarse de ese hombre y de todos los hombres y que lo mejor para que sus alterados nervios retomen sus maneras civilizadas será refugiarse dentro de sí misma o plancharse la pollera o comerse otra crocante galletita chocolatada.

Ajeno por completo a la reciente ajenidad, hacia él y hacia todo el género masculino, que ha decretado su compañera de viaje, Roberto acaba de determinar con absoluta corrección racional que, si efectivamente ha de internarse a investigar por entre los episodios que ha vivido con la mujer, esa búsqueda debe encaminarse hacia aquellos momentos en los cuales estuvo más cerca de ella, dado que resulta casi obvio que es mucho más fácil percibir los olores provenientes de otra persona en la proximidad a esa otra persona que en la lejanía.

Su investigación, entonces, se encamina con bastante criterio hacia el recuerdo de unos pastizales vecinos al amarre de la fragata Libertad. Revisa minuciosamente en la memoria los movimientos que desarrolla la mujer sobre su cuerpo y luego la caída femenina hacia uno de los costados y su inmediata necesidad de seguirlo en la caída y de treparse encima y el deseo de no bajarse de allí nunca más. Pero sigue sin aparecer, en su memoria, el recuerdo de ningún olor repugnante.

Por eso es que, algo defraudado, se aleja de la escena de los cuerpos en dirección a los mástiles del barco y luego tuerce la cabeza y se encuentra, de frente, con el recuerdo de unas enredaderas muy similares a las enredaderas que ahora está observando a través del hueco de la ventanilla y descubre en ese instante por qué razón es que le gusta tanto observar cómo el sol calienta esas delicadas flores rojas.

Roberto está feliz con su descubrimiento pero reconoce que, desgraciadamente, no es el mejor momento para contarle al enojo de la mujer el extraño motivo de su reciente felicidad. Casi enseguida, y ya sin la misma alegría que antes, debe reconocer, también, que muy poco lo van a poder ayudar las enredaderas en el asunto de calmar el disgusto de la mujer, que va a tener que olvidarse muy rápido de su feliz descubrimiento y dirigirse cuanto antes, de la mano de su memoria, hacia un baño ferroviario mucho más cercano.

Mariela, entretanto, ya se planchó un par de veces la pollera y la camisa azul marino.

También se comió una "Rodesia".

Y en lo único que piensa, mientras hace un bollo con el papel metalizado de la segunda, que está a punto de devorar de un solo bocado, es en la gran dificultad que presentan las relaciones humanas, en lo mentiroso que son los hombres y en su desoladora y eterna ingenuidad. Sobre todo en esto último: en la desgraciada unión de desolación, eternidad e ingenuidad que la naturaleza o Dios o vaya a saber quién, ha llevado a cabo sobre su persona.

El hombre recuerda su malestar general, la precipitación hacia el baño, la ternura de los cuidados de la mujer, su paulatina recuperación, el roce involuntario de esas tetas hermosas sobre su cara, la desesperación de ambos, la cientificidad con que supo aprovechar la detención del tren para medir las escasas posibilidades del lugar, la mano en la nuca, la penetración, el posterior cansancio y el golpe en la puerta.

No se olvida de nada el hombre.

Pero, muy a pesar de no olvidarse de nada, sigue sin

recordar que algún olor más o menos repugnante haya emanado del cuerpo de la señora. Y no es porque no tenga memoria olfativa, de ninguna manera, recuerda perfectamente bien el fuerte olor a orín impregnado en el inodoro y diseminado con cierto fervor por las paredes metálicas del baño.

Por eso.

Determina que su esfuerzo memorioso ha concluido, que no tiene sentido seguir indagando el pasado, que en ningún momento él alcanzó a percibir los olores que la mujer asegura que percibió. Pero, de todos modos, aunque haya determinado que su esfuerzo memorioso ha concluido, no le resulta igual de fácil determinar las palabras que utilizará para comunicarle su determinación a Mariela.

No.

Así que.

Resulta casi natural que entonces el hombre decida buscar las palabras adecuadas para comunicarle a la mujer su determinación entre las flores rojas de las enredaderas.

Lo que no resulta tan natural, desde luego, es que las enredaderas hayan desaparecido sin que él se diera cuenta quizás durante el tiempo que dedicó a recordar cuidadosamente la escena del baño.

Ahora las enredaderas se han convertido en un descampado y, un poco detrás del descampado, en una villa miseria repleta de chicos que están a punto de arrojar contra el tren un montón de piedras que llevan en sus manos.

Entonces.

Se levanta aparatosamente de su asiento y agarra la

persiana de la mujer con ambas manos. Pero sólo consigue bajarla unos diez o quince centímetros.

Nada más.

Debe interrumpir el descenso cuando siente un fuerte impacto en la zona del estómago que lo tira al piso también aparatosamente.

La mujer, por las dudas, termina de cerrar la persiana y luego se arrodilla presurosa al lado del cuerpo caído del hombre poniendo entre paréntesis, sin siquiera darse cuenta, sus graves pensamientos acerca de: las dificultades que encierran las relaciones humanas, la falsedad del género masculino y su eterna y desoladora ingenuidad.

Después le acaricia el pelo, le pregunta que dónde es que le duele, escucha que Roberto le contesta que en el estómago y entonces le abre con cuidado el cinturón del pantalón a rayas finitas, se levanta, descuelga la cartera del gancho, extrae de ella un pañuelo rojo que conserva la humedad de otra emergencia, vuelve a arrodillarse, le coloca la cartera debajo de la cabeza a modo de almohada y, casi de inmediato, el pañuelo todavía húmedo de otra emergencia sobre la frente.

VILLA BALLESTER

EL HOMBRE ABRE APENAS LOS ojos y la mujer aprovecha, esa incipiente recuperación, para agradecerle emocionada el gesto de valentía que tuvo para con ella:

–Me salvó usted la vida, Roberto.

Pero el hombre no le contesta.

A pesar del fuerte dolor que siente en el abdomen, es consciente de que la señora exagera un poco su actuación y de que un mínimo error en sus palabras podría retrotraer la situación al momento inmediatamente anterior al piedrazo. Por eso es que prefiere volver a cerrar los ojos y dejarse desabotonar la camisa y abandonarse por un rato al suave cosquilleo que le producen las caricias de los dedos de la mujer en el pelo.

–Muchas gracias por el comportamiento que ha tenido hace un rato. Es usted un verdadero caballero, caballero.

Insiste la mujer sin esperar a que el hombre vuelva a abrir los párpados. Porque, en realidad, el verdadero origen de la insistencia femenina no se debe, simplemente, a una salvaje inclinación hacia la redundancia.

No.

Lo que ocurre es que al desabotonarle la camisa, Mariela se ha encontrado con una pequeña mancha de sangre y con una aureola, de unos diez centímetros de diámetro aproximadamente, justo encima del ombligo y por ese motivo ha tenido que quitarle el pañuelo todavía húmedo de la frente y pasárselo por la herida cuidando, al mismo tiempo, de no hacerle doler y de que sus gigantescas ganas de llorar no se conviertan en un mar de lágrimas. Tratando de que el hombre no se dé cuenta de lo que pasa. De que se distraiga un poco con sus suaves caricias o con su salvaje inclinación hacia la redundancia.

Y hay que reconocer que las caricias más la redundancia logran su cometido.

Roberto se distrae.

Tanto se distrae que llega incluso a olvidarse de que unos minutos antes había decidido que no le convenía abrir los ojos ni decir nada que pudiera hacer retrotraer la situación al momento inmediatamente anterior al piedrazo.

Entonces.

Distraído como está, primero abre los ojos y después habla.

Le cuenta verborrágicamente a la mujer que ya no se siente tan mal, que después de todo solamente se trató de un piedrazo arrojado por unos chicos bastante flacos, que le encanta que le acaricie el pelo y le pase el pañuelo húmedo por el abdomen, pero que, por favor, no le agradezca más redundantemente, que si hizo lo que hizo fue porque tuvo que hacerlo, que allí el único que tiene algo para agradecer es él, que, por ejemplo, a él le gustaría agradecer a esa bendita piedra y a quienes la arrojaron que hayan conseguido hacerla olvidar, él espera que para siempre, de aquel odioso asunto de su repugnante olor a transpiración.

Y, después de un silencio casi imperceptible que el hombre utiliza para llevar algo de aire hacia sus pulmones, agrega:

–¿Quiere casarse conmigo?

Pero la pregunta queda flotando en el ambiente bastante más tiempo del que se imaginó Roberto que flotaría cuando se le ocurrió formularla.

Bastante más.

Flota exactamente hasta el preciso instante en el que cae al piso víctima de una suerte de piedrazo que esta vez no tiran unos chicos bastante flacos desde el descampado del costado de las vías férreas sino que es arrojado por la enorme mujer a la cual iba destinada la amorosa pregunta.

–No.

Y el hombre se desespera.

No puede comprender que Mariela, al mismo tiempo que se está negando tan terminantemente a su pedido de casamiento, no pare de acariciarle la cabeza y de pasarle el pañuelo húmedo apenas unos centímetros por encima del ombligo.

Por eso, ante la desesperación o ante la duda de haber entendido mal o ante la suma de ambas cuestiones, vuelve a preguntar:

–¿No quiere casarse conmigo?

Y, esta vez, la pregunta ni siquiera se toma un segundo para flotar en el ambiente:

–No.

Así que.

Vencido por una palabra, Roberto cierra nuevamente los párpados y se promete así mismo no volver a abrir la boca por lo menos hasta que se terminen las caricias o se termine el viaje o se termine el mundo.

–Si se siente mejor, yo le recomendaría que se recostara sobre los asientos. El piso está muy sucio. Yo lo ayudo, no se haga problemas.

Y como se acuerda perfectamente bien que antes ha

dicho que se siente mejor y, además, no quiere añadir con su rechazo a las recomendaciones femeninas un nuevo problema a los muchos que ya tiene, deja que Mariela lo ayude, nomás, a recostarse sobre los asientos.

Lo que la mujer no puede conseguir, en cambio, es que mientras se mudan desde el sucio piso plástico hacia los asientos, el hombre no descubra la sangre que emana de su abdomen y que, de inmediato, se olvide del voto de silencio que se ha prometido a sí mismo apenas un momento antes.

–Estoy lastimado.

–No es nada.

–¿Seguro?

–Seguro.

–Pero igual, aunque yo chorree sangre y aunque quizás me esté muriendo lentamente por haberme arriesgado a salvarle la vida, usted no desea casarse conmigo.

–Igual.

Entonces, Roberto, que no quiere hacer más promesas imposibles de cumplir ni quiere seguir acostado sobre los asientos con los ojos cerrados debido a que la mujer ya no lo acaricia como cuando estaba en el piso, se incorpora lentamente, se abotona la camisa para no ver la sangre, se prende el cinturón y vuelve su mirada, por enésima vez, hacia el hueco de la ventanilla.

Pero tampoco esta vez encuentra las flores rojas colgando de las enredaderas. Lo que encuentra, en esta oportunidad, es que el tren está detenido en la estación Chilavert.

Y que el tren esté detenido en la estación Chilavert quiere decir que solamente le quedan los escasos kilómetros que separan a dicha estación de la estación José

León Suárez para intentar revertir la invariable negativa de la mujer.

Muy poco, la verdad.

Casi nada.

CHILAVERT

Y COMO QUEDAN TAN POCOS kilómetros por delante, Roberto se lanza, nomás, a aprovecharlos.

Le asegura a la mujer que ha revisado exhaustivamente sus recuerdos de la plaza y que también ha hecho lo propio con sus recuerdos de la urticante picazón que sufrió en el cuello y en la cara. Pero que, a pesar de tan exhaustiva revisión, no ha podido encontrar nada dentro de esos recuerdos que se parezca, siquiera mínimamente, a la percepción de un repugnante olor a transpiración proveniente de su cuerpo. Aunque, por supuesto, se encarga de aclararle que eso no ha sido todo, que para ser del todo exhaustivo tampoco ha querido detenerse solamente en los episodios que ella supo referirle, que no, que fue bastante más lejos, que llegó incluso hasta la zona de sus recuerdos que, según su criterio, podían suministrarle más evidencias acerca de la posible existencia de un olor tan repugnante como el que ella afirma él percibió. Que lo que quiere decir es que se tomó el trabajo extra de recordar, hasta en los detalles más insignificantes, los agradables encuentros, desde su punto de vista claro está, que mantuvieron sus respectivos cuerpos en los pastizales próximos al amarre de la fragata Libertad y, bastante después, en el mucho más cercano baño del tren, y que, luego de revisar convenientemente también esos episodios, jura que nunca, jamás, ha percibido ningún olor similar al olor que ella insiste en afirmar que él percibió.

La mujer le contesta.

Le pide encarecidamente que por favor la disculpe pero que no le cree ni una sola de las muchísimas palabras que lleva dichas y que le sugiere, además y siempre y cuando él no tome a mal la sugerencia, que trate de no ser tan verborrágico, que recuerde, ya que aparentemente le apasiona tanto recordar, que tiene una pequeña herida en el abdomen y que esa herida, por más pequeña que sea, se le puede volver a abrir en cualquier momento si es que continúa hablando con tanto entusiasmo.

–¿Tampoco me cree que quiera casarme con usted?

–Tampoco.

Y a la respuesta femenina le sigue un profundo silencio. Un profundo silencio que inunda, con ansias de eternidad, una amplia región del vagón.

Debido a eso es que Roberto vuelve a mirar para afuera por el hueco de la ventanilla con la indudable sensación de que, para lo que puede todavía hacer por transformar la negativa de la mujer en algo positivo, le sobran casi todos los escasos kilómetros que faltan para arribar a la estación de José León Suárez.

Mariela, mientras tanto, plancha su pollera.

Pero.

Ocurre que, involuntariamente, la mujer roza planchando una de las rodillas del hombre y de inmediato se acuerda de otros roces mucho más gratos que tuvieron lugar contra esa misma rodilla.

Entonces.

El profundo silencio, o al menos el profundo silencio que inunda esa amplia región del vagón, descubre que a pesar de su profundidad, no es eterno.

Mariela se siente primero culpable y luego cruel y hasta egoísta. Por eso es que le pide por favor al hombre que intente comprenderla, que ella está realmente muy agradecida con la valentía que ha demostrado en el desgraciado episodio del piedrazo, que también está agradecida por los lindos momentos que le ha hecho vivir, pero que la entienda, que ella no quiere casarse con un hombre que no es sincero, que no le parece que esté bien andar esquivando el sol y el calor durante todo el día y al rato sostener que a uno le gusta el sol y le encanta el calor que anduvo esquivando durante todo el día, que, a su entender, si se empieza por mentir una frustrada vocación de marinero, se termina, irremediablemente, inventándose unas manchas color bermellón en el cuello o en la cara. Pero que, de todas maneras, no se ponga así, que no es para tanto, que todavía es joven, que ya va a encontrar la mujer que necesita, que lo importante, ahora, es saber cómo se siente.

–Mal. Muy mal.

–Antes creí escuchar que se sentía usted mucho mejor.

Y entonces el hombre se ve en la imperiosa necesidad de explicarle que eso es, también, lo que él mismo creyó cuando estaba tirado en el piso. Que ahora que está sentado se siente otra vez mal, muy mal, pero que él entiende perfectamente que ella pueda no creerle este cambio tan repentino de parecer, que sobre todo puede entenderlo después de haber escuchado lo que acaba de escuchar de su boca, que si no ha creído otros cambios anteriores de parecer mucho menos repentinos, con toda razón y justicia tampoco podrá creer éste.

–Tiene usted razón, Roberto, tampoco le creo esta vez.

Y él se defiende.

Le asegura que quizás a ella le pasa que es un poco más rígida que él con sus pareceres personales, pero que él piensa que no le haría ningún daño a su carácter tan rígido el entender que no todas las personas son iguales y que, por último, él está completamente convencido de que no es bueno andar por la vida siendo tan incrédulo.

–Eso se lo dije yo en la plaza. Unos segundos antes de que usted no se animara a decirme lo de mi repugnante olor a transpiración y me saliera con aquello de que mejor nos mudábamos a la sombra de la escalinata de la torre y de que siempre había querido ser marinero.

El hombre se queda mudo.

Y como el tren sigue andando y el final del viaje es cada vez más cercano y la mujer quiere saber por qué motivo es que el hombre se ha quedado repentinamente mudo, se lo pregunta, nomás:

–¿Se quedó mudo?

–Sí y no.

–¿Perdón?

Y al hombre no le queda más remedio que sincerarse:

–La negación es muy fácil de explicar: estoy hablando. La afirmación, en cambio, aunque también es de fácil explicación, no creo que nos ayude demasiado a resolver el problema de su repugnante olor a transpiración.

–¿Por qué?

–Porque usted no va a hacer caso de la veracidad de lo que acabo de acordarme.

–Inténtelo, se lo ruego, ya estamos llegando.

Entonces, como ya están llegando y las posibilidades de arreglo de la situación no son demasiadas, el hombre lo intenta. Le cuenta a la mujer que acaba de acordarse del motivo que lo llevó a pedirle que por favor se mudaran desde el banco de la plaza hasta la sombra de las escalinatas de la torre. Que no fue por el sol ni por su olor a transpiración, que le pidió de mudarse porque ella le dijo que no era creyente y que esas palabras le hicieron sentir mucha lástima de sí mismo, que enseguida le empezó a contar acerca de su eterna vocación marinera porque temía largarse a llorar de la pena que sentía por sí mismo, que entonces se le ocurrió que caminar lo ayudaría a detener las lágrimas que estaban a punto de estallarle y que ir en busca de sombra era una buena excusa para que ella aceptara la mudanza. Que, además, se largó a contarle su frustrada vocación marinera durante el trayecto hacia la sombra de las escalinatas de la torre por las dudas de que sus lágrimas finalmente estallaran sin que ella encontrara un buen motivo para el llanto y dedujera que él era un hombre demasiado frágil, demasiado débil para acompañarla en la vida.

–Eso, con algunas variantes claro está, lo he escuchado antes. Pero sigo sin creerle, Roberto.

Admite la mujer con lágrimas en los ojos justo cuando el tren acaba de frenar.

Por eso toma del asiento de al lado del hombre la cartera que sirvió de almohada y que todavía atesora en su interior unas cuantas galletitas chocolatadas.

Y por eso, también, al hombre que en ese momento se está poniendo de pie, no le queda otra posibilidad que comprenderla:

–La comprendo perfectamente, señora.

JOSÉ LEÓN SUÁREZ

LA MUJER LO PASA LITERALMENTE por encima llorando, consigue a los empujones bajar llorando antes que él del tren y perderse rápidamente con su llanto por el andén y después por la puerta de la antigua sala de espera de la estación.

El hombre no la ve más e intuye que, con toda seguridad, tampoco la volverá a ver nunca más en su vida.

Jamás.

Por eso es que, después de los empujones, baja muy despacio del tren tomándose la región en donde tiene la herida con ambas manos y camina también muy despacio por el andén. Llega, tomándose el abdomen con ambas manos, recién al cabo de un buen rato hasta la antigua sala de espera de la estación. Pero, como pasa por ahí tan lentamente y sabiendo de antemano que no encontrará la enorme figura de Mariela esperándolo, no puede hacer nada para esquivar el recuerdo de la tos y del baile sobre el taburete del boletero.

Así que.

Tose por primera vez al arribar a la puerta de salida de la estación y vuelve a toser cuando está cruzando la calle con lágrimas en los ojos y con las dos manos sobre el abdomen.

Pero no por eso pierde el control de sí mismo.

No.

De ninguna manera.

Está convencido de que es por demás de natural que el estómago todavía le duela y que el recuerdo de la tos atraiga a la tos y que el recuerdo de una mujer a la que quizás nunca jamás volverá a ver en su vida, atraiga un montón de lágrimas a sus ojos.

Por eso es que no se desespera.

Sabe perfectamente que la mayoría de las cosas, e incluye dentro de esa mayoría de cosas a las enfermedades, no son eternas, que tendrá que cuidarse mucho de pasar mirando para el otro lado y lo más lejos posible del quiosco que está justo enfrente de su casa, que lo del estómago ya se le va a pasar, que la tos no es mortal, y que las lágrimas, por más que sean un montón, por lo general tampoco lo son, que el único problema realmente serio para el futuro de sus pasos sería que, junto con la tos se presentara, también en esta oportunidad, el frenético baile del boletero. Pero bueno, como el baile no se le contagió por la mañana supone, con alguna dosis de lógica, que muy probablemente tampoco se le contagiará por la tarde.

Aunque, y eso muy a pesar de la dosis de lógica que supo acompañar el razonamiento, se equivoca.

El baile se le contagia cuando ya está a menos de veinte metros de la primera de las ventanas tapiadas de su casa.

Entonces.

Bailando, con un montón lágrimas en los ojos, sufriendo uno de los más fuertes accesos de tos que haya tenido que soportar desde el momento en el que atravesó la puerta de salida de la antigua sala de espera de la estación y con una de sus manos cubriéndole el estómago, le resulta casi imposible lograr abrir con éxito la puerta de entrada a su casa.

Pero, después de innumerables intentos fallidos, finalmente lo consigue.

Y una vez que lo consigue se encierra con ganas, dentro de la oscuridad de su casa, a bailar y a toser y a llorar y a tomarse la región abdominal con sus manos y a soñar con que mañana será otro día y que como mañana será otro día y las ventanas están bien tapiadas y la estación queda a dos cuadras y Mariela todavía mucho más lejos, la vida será más fácil.

O, al menos, un poco más fácil.

CONTENIDO